Weihnachten an der Waterkant

Weihnachten an der Waterkant

Herausgegeben von
Sybil Gräfin Schönfeldt

Illustrationen von
Heinz-Joachim Draeger

CONVENT

© 2002 Convent Verlag GmbH, Hamburg
Umschlag-Entwurf: Peter Albers
Satz und Reproduktionen: KCS GmbH. Buchholz / Hamburg
Druck und Bindung: Clausen & Bosse GmbH, Leck
ISBN 3-934613-38-1

 # Inhaltsverzeichnis

6

Weihnachten und Winterstürme

Wer an der Küste lebt, der hat ein anderes Gefühl für Wetter, Wolken und Wasser. Winterstürme, die eine Brandung aufwühlen, sind keine Kulisse für Weihnachtsengel, und es gibt am Meeresufer keinen stillen Tann, aus dem ein rotbäckiger Weihnachtsmann herausgeschritten käme.

Im Schneetreiben über Sand und Gischt heulen immer noch Wotans Hunde, und sein Schimmel galoppiert vor seiner Wilden Jagd über die Dächer, dass die Schindeln klappern, wenn es kein Reetdach ist. Die Kirchen auf den Inseln haben dicke Türme und Schießscharten von Fenstern, um den Sturmfluten und den Wikingern zu trotzen.

Dennoch: wie golden und warm das Licht am Altar, wie gemütlich die weihnachtliche Stube, wie prachtvoll die Backsteindome in den Hansestädten und die Weihnachtssäle der Patrizier. Vieles hat Platz in der Menschenseele: der Schauer vor den Gewalten der Natur und ihrer Geister und der Schauer vor dem Göttlichen in Gestalt des Kindes, das als unser Erlöser geboren ist »wohl zu der halben Nacht«. Und dazu schließlich noch die ganz sinnliche und diesseitige Freude an Festen und Feiern, an Essen und Trinken.

So kommt alle Jahre wieder das Schiff durch die dunklen Winterwogen gefahren, so landet der gute wundertätige Bischof Nikolaus an der friesischen Küste, um den Kindern zu bescheren, reitet auf seinem Schimmel, der sicher früher der Schimmel des wilden Germanengottes Wotan gewesen ist, und keiner kann mehr sagen, welcher Schimmel Modell stand für die schön geschnitzten Spekulatiusformen, die alle Jahre wieder in Gebrauch kommen und dem gewürzduftenden Gebäck sein Relief geben.

Zur Weihnachtszeit an der Küste gehört nicht immer Schnee, aber oft wurde ein Weihnachtssturm, ein lebensbedrohendes Hochwasser im Kirchenbuch einer Hallig oder in Tagebüchern festgehalten, und erst in der Neuzeit konnten sich die Familien der Gesundheit ihrer Väter und Söhne auf hoher See vergewissern: Radio Norddeich vermittelte bis zur Erfindung der Satelliten die Weihnachtsgrüße auf Radiowellen über die Meereswogen bis in die weiteste Ferne.

In unserer Sammlung erklingen Stimmen aus der Gegenwart und erzählen von Familienfesten, von Lübecker und Königsberger Marzipan, auch Stimmen von früher mit Geschichten von Flucht und Frieden, von uralten Bräuchen, von Kinderträumen und vom Glück der gemeinsamen Feier, die wir uns alle wünschen. Und dazu wie einstmals und immer wieder Friede auf Erden.

Otto v. Reinsberg-Düringsfeld

Die Geister der Vorweihnachtszeit

In ganz Norddeutschland herrscht beim Landvolk die Sitte, am heiligen Abend einen bärtigen, in große Pelze oder auch in Stroh gehüllten Mann herumgehen zu lassen, welcher die Kinder fragt, ob sie beten können, und wenn sie die Probe bestehen, dieselben mit Äpfeln, Nüssen und Pfefferkuchen belohnt, die aber, welche nichts gelernt haben, bestraft. Sein verbreitetster Name ist in der Mittelmark *Knecht Ruprecht* oder *de hêle Christ*, der heilige Christ; in der goldenen Aue, am Südharz und bei Halle *Knecht Ruprecht*; in Mecklenburg *rû Clas*, der rauhe Clas; in Schlesien der *Joseph*, und in der Altmark, Braunschweig, Hannover und Holstein *Clas, Clawes, Clas Bûr* und *Bullerclas*.

Zuweilen hat er Glocken oder Schellen an seinem Kleide und führt einen langen Stab, an dessen Ende ein Aschenbeutel befestigt ist, mit dem er die Kinder schlägt, welche nicht beten können, weshalb er auch *Aschenclas* genannt wird; zuweilen reitet er auf einem weißen Pferd umher, das in Westfalen der *Schimmel*, im Osnabrück'schen der *spanische Hengst* heißt, und in der schon beschriebenen Weise gebildet wird. Nicht selten hat er auch noch einen Platzmeister bei sich, oder es erscheint zugleich mit ihm ein in Erbsstroh gewickelter Bär, und an vielen Orten treten der heilige Christ, gewöhnlich ein weißgekleidetes Mädchen, und der Schimmelreiter als besondere Personen auf, von denen die erstere die Kinder beten läßt.

Auf der Insel *Usedom* gehören drei Figuren zu dem Umzug des Ruprecht, von denen die Eine, welche die Rute und den Aschensack hat, meist in Erbsenstroh gehüllt ist, die Zweite als Schimmelreiter erscheint, und die Dritte einen sogenannten *Klapperbock* trägt. Dies ist eine Stange, über die eine Bockshaut gespannt ist, und an deren Ende sich ein hölzerner Kopf befindet. An der unteren Kinnlade desselben ist eine Schnur befestigt, welche durch die obere Kinnlade in den Schlund läuft, so daß, wenn der Tragende daran zieht, die beiden Kinnladen klappernd zusammenschlagen. Mit diesem Klapperbock, der in Dänemark unter dem Namen *Julbock* in keiner»Weihnachtsstube« fehlen darf, werden die Kinder, welche nicht beten können, gestoßen und geschreckt.

 ## Der Adventskranz

Der Adventskranz wurde zuerst an der nördlichen Küste gewunden, dort, wo man in der Zeit, als man noch in den winterlichen Sturmfluten Wotan durch die Wolken reiten sah, immergrüne Zweige ins Haus holte, um den kommenden Frühling und Sommer zu beschwören.

Auf den friesischen und auf den Ostsee-Inseln haben die Bäuerinnen diese grünen Immortellen um Reifen aus Weidenruten oder um ausgediente Fassreifen gewunden und zur Winter-Sonnenwende aufgehängt. Alte Stiche zeigen solche Reifen, dicht mit Kerzen besteckt, die einfach übereinander über die Christbäume gehängt wurden: unten der mit dem größten Durchmesser, oben der kleinste.

Den ersten Adventskranz in unserem Sinne schreibt man dem Pfarrer Hinrich Wichern zu. Er berichtet in seinen Tagebüchern davon:

Johann Hinrich Wichern

Morgen ist der erste Advent!

Das ist ein Sonntag. Was ist köstlicher als solch ein stiller Sabbatsmorgen, wenn's draußen trüb ist, aber drinnen sonnenhell, und die Seele denkt Psalmen und kann wie aus goldenem Becher den Frieden Gottes trinken? Nach der Kirche beim ersten Mittagsläuten eilt alles herbei zur Adventsandacht. Im Betsaal ist es Frühling geworden, und von den grün geschmückten Wänden wittert es uns entgegen, wie Weihnachtsahnung aus dem Tannenwald. Aber was gucken die Knaben- und Mädchenaugen so lustig zum Kronleuchter empor? Oh, was sie da sehn, kennen sie wohl. Es ist nichts als ein einfacher Kranz, den der Kronleuchter auf seinen Armen trägt, und auf dem Kranze brennt das erste Licht, weil heut der erste Adventstag ist; und kommt ihr morgen, dann brennen schon zwei, und übermorgen drei, und jeden Tag eines mehr. Und je mehr Lichter brennen, desto näher rückt Weihnachten und desto froher werden Knaben und Mädchen; und brennt der volle Kranz mit allen 24 Lichtern, dann ist er da, der heilige Christ in all seiner Herrlichkeit. – Die Adventsandacht aber kurz und bündig. Zuerst ein fröhlich Lied, ein Vers oder zwei, dann lesen wir ein prophetisch Wort auf den Herrn, der da kommt; und jeden Tag, wie der Lichtstrahl heller scheint, wird der Strom der Weissagungen, der von Prophetenlippen geflossen, klarer und voller.

Thorner Kathrinchen

Sankt Kathrein/lässt den Winter ein, lautet der Wetterspruch, und am Kathrinentag, dem 25. November, begannen die Hausfrauen früher das Weihnachtsgebäck zu backen, besonders jene Honigkuchen, Pfeffer- und Lebkuchen, die noch gehörig durchziehen mussten. Wie zum Beispiel die Thorner Kathrinchen:

Dazu kocht man 500 g Honig mit der gleichen Menge Zucker auf, rührt die Mischung, bis der Honig lauwarm ist, gibt dann 500 g gemahlene Mandeln hinzu, verschiedene Gewürze, 12 Nelken, 12 weiße Pfefferkörner, 1/2 Muskatnuss, alles fein gemahlen, dazu je einen 1/2 TL gemahlenen Zimt, Kardamom und Muskatblüte. Als letztes kommt mit 600 bis 750 g Roggenmehl ein Glas Arrak dazu, in dem man 16 g Pottasche aufgelöst hat. Das alles wird gut verrührt und durchgeknetet, dann wird die Teigkugel in eine Schüssel getan, mit dem Küchentuch zugedeckt und muss eine Nacht im Warmen gehen. Am nächsten Vormittag wird der Teig einen halben Tag kühl gestellt, dann zu fingerdicken länglich viereckigen oder runden Kuchen ausgestochen oder mit den typischen Kathrinchenformen zu Kleeblättern. Das Gebäck kommt auf gefettete, leicht bemehlte Bleche oder auf Backtrennpapier, kann nochmals ruhen und wird ungefähr 20 Minuten lang bei Mittelhitze im vorgeheizten Ofen gebacken. Noch warm mit einem Guss aus Puderzucker, Eiweiß und Zitronensaft bestreichen oder mit einem schönen dicken Schokoladenguss versehen.

Vorweihnachtliche kleine Stadt

Am stärksten konzentrierte sich das Familienleben am Weihnachtsfest. Wochen vorher begannen die Vorbereitungen. In Ostpreußen wird der Honigteig zu den Pfefferkuchen, wie wir die Honigkuchen nennen, schon im Oktober angerührt. Geht doch die Sage, daß die Thorner Katharinchen, vom Nönnchen gleichen Namens erfunden, 100 Jahre standen. Ebenso brauchte der Preßkopf, die Sülze, das Pökelfleisch eine längere Vorbereitung. Die letzte Woche gehörte dann nur noch dem Backen.

Die Bleche wurden zum Bäcker geschickt, oft zwanzig an einem Tage. Das Mädchen nahm sie unter beide Arme und brachte sie hin. Sehr oft wurde sie mit Tränen empfangen, wenn etwas verbrannt oder ineinandergelaufen war. Fast immer aber glückte es. Im Hause selbst wurden das Marzipan und die gebrannten Mandeln gemacht. Die Marzipanzubereitung ist ja noch heute in Ostpreußen berühmt. Fast alle Konditoreien von Ruf haben dort Schweizer Namen: Zappa, Plouda, Maurizio. Ob das irgendwie mit der Süßigkeit des süßen Brotes zusammen-

14

hängt, weiß ich nicht. Die Sage erklärt es ja für das Ergebnis der Belagerung einer Ritterburg, in der schließlich nur noch Mandeln und Zucker aus der Ladung eines beraubten Frachtschiffes übrig blieben, die zu diesem Gebäck vermengt wurden. Das Brühen und Reiben der Mandeln, das Sieben des Zuckers, das Kneten des Teigs wurde mit einer Feierlichkeit begangen, die wirklich eine Kulthandlung war. Dann kam das Rollen auf blendend weißgescheuertem Brett, das Ausstechen in kleine Formen, Herzen, Halbmonde, in längliche oder vierkantige Stücke, das Aufsetzen des Randes und das Buntmachen mit einer Stricknadel. Des Abends aber, wenn der Herd frei war, wurde gebacken. Ein altertümlicher Dreifuß, der sehr gut auf einem Räucheraltar hätte stehen können, und dessen dunkles Kupfer noch aus dem Haushalt der Großmutter stammte, stand auf dem Herd. Der obere Teil, der abzunehmen war, war mit Holzkohlen gefüllt, die durch beständige Luftzuführung glühend gehalten werden mußten. Ein Blasebalg, den einer von uns handhaben durfte, genügte nicht. Mit Gänseflügeln wurde nachgeholfen, ja zuweilen kam mein Vater von seinem Zylinderbüro herüber und schwenkte die Schöße seines Schlafrocks. In jedes der Marzipanstückchen war weißes Papier gelegt, um das Anbrennen zu verhindern. Nur der krause Rand mußte braun werden, das übrige in schneeiger Weiße erstrahlen. War ein Satz fertig, so wurde er vorsichtig mit dem weißen Papier, das darunter gelegt war, herausgenommen und auf das Brett zurückgebracht. Das trugen die Mädchen dann in das gute Zimmer, wo es nachts über abkühlte. Am nächsten Tage wurde der Guß begonnen. Das Rosenwasser duftete durch das Haus. Wenn die Flüssigkeit die richtige Dicke erlangt hatte, ging es an ein Einfüllen. Das Auslecken der Schüssel, der Löffel und der Keule wurde natürlich den Geschlechterwogen überlassen. Die so gefüllten Marzipanstücke mußten wiederum ganz vorsichtig erkalten, damit der Guß nicht breche. Wenn er fest geworden war, ging es an das Belegen. Nun wurden alle Töpfe mit Eingemachtem in die Küche gebracht, die an den Sommer und seine Freuden gemahnten. Kirschen, Hagebutten, Birnen, Pflaumen und Reineclauden wurden herausgenommen, abgetropft und, wenn es nötig war, in Stückchen zerschnitten. Dann wurden mit einem Teelöffel aus ihnen jene Gebilde hergestellt, die besonders abwechslungsreich und schön zu machen der Ehrgeiz einer jeden Hausfrau war. Denn bei den Besuchen in den Feiertagen wurden sie ja der allgemeinen Prüfung preisgegeben. Ein etwa mißglücktes Stück kam auf unsere bunten Teller, die wir mehr dem Inhalt als dem äußeren Wert nach maßen. War das Marzipan fertig, so ging es an die Zubereitung der gebrannten Mandeln, die eine besondere Liebhaberei meines Vaters waren. Sie mußten sehr scharf abgepaßt werden. Blieben sie eine Minute zu lange auf dem Feuer, so wurde der Zucker hart, und wir pflegten ihnen dann den Beinamen »Bremer Geschirr« zu geben. Auch das war beliebt; denn mit ihm wurde nicht gespart.

Das waren die Küchenvorbereitungen. Neben ihnen her aber ging durch Wochen das Ergänzen des Baumschmucks, bei dem

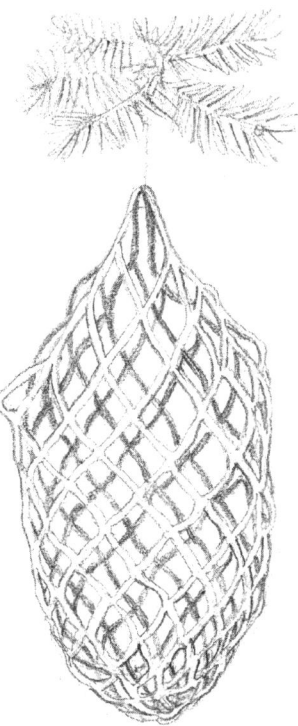

wir Kinder von jeher dem Vater helfen durften. Er holte in der letzten Zeit vor Weihnachten den schwarzen Kasten hervor, der einen kunstvollen Schiebedeckel hatte, und in dem Baumschmuck aufbewahrt war. Viel einfacher als heutzutage. Da waren ein paar goldene Apfelsinen, die man zusammenbinden konnte, einige Glaskugeln, vergoldete und versilberte Nüsse und Papiernetze, die durch eine Walnuß herabgezogen wurden.

Diese Eier, Nüsse und Netze waren in ihrer Vergoldung beständig zu ergänzen, eine hochwillkommene Aufgabe für die Adventsabende, bei der mein Vater den Leiter und Lehrer machte. Welche Seligkeit, wenn das Netz, das eifrig geschnitten war, nach der Probe mit der Nuß sich als tadellos erwies! Hatte man sich beim Hin- und Herschneiden des Papiers geirrt, so blieb die Nuß stecken.

Das schöne Stück Papier mußte verworfen werden. Das Ausblasen des Eies, das Einführen des kleinen Holzklöppels und das Vergolden besorgte mein Vater selbst. Ebenso das Versilbern der Nüsse. Wir durften nur Fädchen anbinden und die Kostbarkeiten zum Trocknen tragen. Später kamen dann die eßbaren Dinge hinzu. An Äpfel, Datteln, Feigen und Zuckerwerk, die bei der Plünderung des Baumes unsere Beute wurden, mußten Fädchen gebunden werden, eine Arbeit, die uns in junge Tantalusse verwandelte.

Es gab in dem kleinen Städtchen eine Konditorei, die um die Weihnachtszeit eine Marzipanausstellung zeigte, die mit einer Verlosung verbunden war. Mit klopfendem Herzen besuchten wir sie. Da lagen weiße Schäfchen auf grünem Rasen, gebratene Gänse mit Messer und Gabel in kleiner Schüssel, Wickelkinder – und vor allem der Dukatenmacher, ein mit unendlichem Jubel begrüßtes und am Fest nie fehlendes Stück. Glück bei der Verlosung hatten wir nie. Wir waren unser Lebenlang auf Nieten eingeschworen. Das Herzklopfen und die Freude aber waren dieselbe. Hatte man doch gesehen, daß man Glück haben konnte. Schon das war ein erhebendes Gefühl.

Das größte Ereignis vor Weihnachten aber war die Fahrt nach Elbing, die wir mit unseren Kinderfreunden gemeinsam machten. Dann wurde der große Postomnibus aus der Remise gezogen, die schwersten Pferde davorgespannt, und in Tücher und Mäntel gepackt stiegen die beiden Familien ein. Will schmetterte mit dem Posthorn. Es ging vom Steintor die Chaussee entlang, den weiten Weg nach Elbing zu, der drei Stunden währte. Anfangs war uns die Gegend bekannt. Nach der Brücke kam die Schäferei, wo meine Freundin und ich einmal einen toten Iltis gefunden hatten, der wohl vergiftet worden war, und den wir mit Todesverachtung in die Stadt gebracht hatten, wo wir für sein Fell 50 Pf. bekamen. Dann wurde der Weg fremd. Es kamen die Bahnstationen und schließlich ein Gasthaus »Zum tollen Mops«, wo regelmäßig gehalten wurde und die Väter ein Glas Warmbier an den Wagen brachten. Endlich war man in Elbing.

In einem Gasthaus am Fluß wurde eingekehrt und Mittag gegessen. Dann kam das große Ereignis. Wir gingen mit den El-

tern in das Spielwarengeschäft von Hörnig, und wir sahen die Weihnachtsausstellung. Es ist ein Zufall, daß mein Freund Sudermann in dem »Bilderbuch seiner Kindheit« eben dieses Hörnigsche Geschäft erwähnt, dessen Besitzerin in seiner Elbinger Zeit eine so große Rolle spielte. Wahrscheinlich war er gerade in Elbing, als ich mit klopfendem Herzen an den Herrlichkeiten der ausgestellten Puppen, Küchen, Puppenstuben, der Baukästen, Tiere und Archen Noahs vorbeiging. Wie es möglich war, daß es soviel Wunderbares in der Welt gab, begriff ich nicht. Jedenfalls war alles hier vereint. Während die Eltern ihre Einkäufe besorgten und geschickt zu verbergen wußten, betrachteten wir immer wieder die Bauernhütte, das Kochgeschirr, die Puppenmöbel, auf die wir es besonders abgesehen hatten. Denn wir besaßen eine prächtige Puppenstube, die vor Weihnachten verschwand und von meinem Vater neu tapeziert und gestrichen wurde. Einer Eisenbahn, die es damals auch schon gab, brachten wir nach unserer Art weniger Sympathie entgegen. Dagegen beschäftigten uns die Modellierbogen sehr.

Immer pflegten einige auf unserem Weihnachtstisch zu liegen, und die Winterzeit verging denn damit, daß wir die Mühlen und Häuser eigen ausschnitten und unter Aufsicht des Vaters klebten und zusammensetzten. Wenn wir uns satt gesehen hatten, wurde noch in das Delikateßgeschäft gegangen, wo Feigen und Datteln, Apfelsinen und Krachmandeln eingekauft wurden, worauf der Besuch in der Konditorei den Tag krönte. Müde und mit überfülltem Herzen wurden wir eingepackt und am Abend wieder in den Omnibus verstaut. Nun fuhren wir durch die dunkle Winternacht die drei Meilen nach der kleinen Stadt zurück. Hatte man noch den Mut, durch die Fenster zu sehen, so blickten die funkelnden Sterne herein. Die Felder waren schneebedeckt, und die Dörfer, durch die man kam, zeigten kaum noch ein helles Fenster. Wieder wurde am »tollen Mops« Halt gemacht, und ein Glas Grog stärkte die Großen. Wir hatten als Vorgenuß des Festes einen Bonbon im Munde und fielen meistens, lange ehe wir zu Hause waren, tief in Schlaf. Die Jüngste trug Vater dann auf den Armen nach Hause.

Läutete dann die Glocke, und wir durften das Weihnachtszimmer betreten, so standen wir geblendet von dem Glanz auf der Schwelle, um uns dann mit Jubel auf unsere Plätze zu stürzen. Immer aber war das Schönste das Buch; denn wir waren Kinder unseres Vaters, und es fehlte nie und war immer etwas Besonderes, Erwähltes, wie es auf keinem Weihnachtstisch in der kleinen Stadt sonst lag.

Margret Rettich

Die Geschichte vom Weihnachtsbraten

Einmal fand ein Mann am Strand eine Gans. Tags zuvor hatte der Novembersturm getobt. Sicher war sie zu weit hinausgeschwommen, dann abgetrieben und von den Wellen wieder an Land geworfen worden. In der Nähe hatte niemand Gänse. Es war eine richtige weiße Hausgans.

Der Mann steckte sie unter seine Jacke und brachte sie seiner Frau: »Hier ist unser Weihnachtsbraten.«

Beide hatten noch niemals ein Tier gehabt, darum hatten sie auch keinen Stall. Der Mann baute aus Pfosten, Brettern und Dachpappe einen Verschlag an der Hauswand. Die Frau legte Säcke hinein und darauf einen alten Pullover. In die Ecke stellte sie einen Topf mit Wasser.

»Weißt du, was Gänse fressen?« fragte sie.

»Keine Ahnung«, sagte der Mann.

Sie probierten es mit Kartoffeln und mit Brot, aber die Gans rührte nichts an. Sie mochte auch keinen Reis und nicht den Rest vom Sonntagsnapfkuchen.

»Sie hat Heimweh nach anderen Gänsen«, sagte die Frau. Die Gans wehrte sich nicht, als sie in die Küche getragen wurde. Sie saß still unter dem Tisch. Der Mann und die Frau hockten vor ihr, um sie aufzumuntern. »Wir sind eben keine Gänse«, sagte der Mann. Er setzte sich auf seinen Stuhl und suchte im Radio nach Blasmusik.

Die Frau saß neben ihm am Tisch und klapperte mit den Stricknadeln. Es war sehr gemütlich. Plötzlich fraß die Gans Haferflocken und ein wenig vom Napfkuchen.

»Er lebt sich ein, der liebe Weihnachtsbraten«, sagte der Mann.

Bereits am anderen Morgen watschelte die Gans überall herum. Sie steckte den Hals durch offene Türen, knabberte an der Gardine und machte einen Klecks auf den Fußabstreifer. Es war ein einfaches Haus, in dem der Mann und die Frau wohnten.

20

Es gab keine Wasserleitung, sondern nur eine Pumpe. Als der Mann einen Eimer voll Wasser pumpte, wie er es jeden Morgen tat, ehe er zur Arbeit ging, kam die Gans, kletterte in den Eimer und badete. Das Wasser schwappte über, und der Mann mußte noch einmal pumpen. Im Garten stand ein kleines Holzhäuschen, das war die Toilette. Als die Frau dorthin ging, lief die Gans hinterher und drängte sich mit hinein. Später ging sie mit der Frau zusammen zum Bäcker und in den Milchladen.

Als der Mann am Nachmittag auf seinem Rad von der Arbeit kam, standen die Frau und die Gans an der Gartenpforte.

»Jetzt mag sie auch Kartoffeln«, erzählte die Frau.

»Brav«, sagte der Mann und streichelte der Gans über den Kopf, »dann wird sie bis Weihnachten rund und fett.«

Der Verschlag wurde nie benutzt, denn die Gans blieb jede Nacht in der warmen Küche. Sie fraß und fraß. Manchmal setzte die Frau sie auf die Waage, und jedesmal war sie schwerer.

Wenn der Mann und die Frau am Abend mit der Gans zusammen saßen, malten sich beide die herrlichsten Weihnachtsessen aus.

»Gänsebraten und Rotkohl, das paßt gut«, meinte die Frau und kraulte die Gans auf ihrem Schoß. Der Mann hätte zwar statt Rotkohl lieber Sauerkraut gehabt, aber die Hauptsache waren für ihn die Klöße.

»Sie müssen so groß sein wie mein Kopf und alle genau gleich«, sagte er. »Und aus rohen Kartoffeln«, ergänzte die Frau.

»Nein, aus gekochten«, behauptete der Mann. Dann einigten sie sich auf Klöße halb aus rohen und halb aus gekochten Kartoffeln. Wenn sie ins Bett gingen, lag die Gans am Fußende und wärmte sie.

Mit einem Mal war Weihnachten da. Die Frau schmückte einen kleinen Baum. Der Mann radelte zum Kaufmann und holte alles, was sie für den großen Festschmaus brauchten. Außerdem brachte er ein Kilo extrafeine Haferflocken.

»Wenn es auch ihre letzten sind«, seufzte er, »soll sie doch wissen, daß Weihnachten ist.«

»Was ich sagen wollte«, meinte die Frau, »Wie, denkst du,

sollten wir … ich meine … wir müßten doch nun …« Aber
weiter kam sie nicht. Der Mann sagte eine Weile nichts. Und
dann: »Ich kann es nicht.«

»Ich auch nicht«, sagte die Frau. »Ja, wenn es eine x-beliebige
wäre. Aber nicht diese hier. Nein, ich kann es auf gar keinen
Fall.«

Der Mann packte die Gans und klemmte sie in den Gepäck-
träger. Dann fuhr er auf dem Rad zum Nachbarn. Die Frau
kochte inzwischen den Rotkohl und machte die Klöße, einen
genausogroß wie den anderen.

Der Nachbar wohnte zwar ziemlich weit weg, aber doch
nicht so weit, daß es eine Tagereise hätte werden müssen. Trotzdem kam der Mann erst am Abend wieder. Die Gans saß friedlich hinter ihm. »Ich habe den Nachbarn nicht angetroffen, da
sind wir etwas herumgeradelt«, sagte er verlegen.

»Macht gar nichts«, rief die Frau munter, »als du fort warst, habe ich mir überlegt, daß es den feinen Geschmack des Rotkohls und der Klöße nur stört, wenn man noch etwas anderes dazu auftischt.«

Die Frau hatte recht, und sie hatten ein gutes Essen. Die Gans verspeiste zu ihren Füßen die extrafeinen Haferflocken. Später saßen sie alle drei nebeneinander auf dem Sofa in der guten Stube und sahen in das Kerzenlicht.

Übrigens kochte die Frau im nächsten Jahr zu den Klößen zur Abwechslung Sauerkraut. Im Jahr darauf gab es zum Sauerkraut breite Bandnudeln. Das sind so gute Sachen, daß man nichts anderes dazu essen sollte. Inzwischen ist viel Zeit vergangen.

Gänse werden sehr alt.

Theodor Storm

Marthe und ihre Uhr

Während der letzten Jahre meines Schulbesuchs wohnte ich in einem kleinen Bürgerhause der Stadt, worin aber von Vater, Mutter und vielen Geschwistern nur eine alternde unverheirathete Tochter zurückgeblieben war. Die Eltern und zwei Brüder waren gestorben, die Schwestern bis auf die jüngste, welche einen Arzt am selbigen Ort geheirathet hatte, ihren Männern in entfernte Gegenden gefolgt. So blieb denn Marthe allein in ihrem elterlichen Hause, worin sie sich mit Hülfe einer kleinen Rente spärlich durchs Leben brachte. Doch kümmerte es sie wenig, daß sie nur Sonntags ihren Mittagstisch decken konnte; denn ihre Ansprüche an das äußere Leben waren fast keine; eine Folge der strengen und sparsamen Erziehung, welche der Vater sowohl aus Grundsatz, als auch in Rücksicht seiner beschränkten bürgerlichen Verhältnisse allen seinen Kindern gegeben hatte.

(…)

Da Marthe seit dem Tode ihrer Eltern wenig Menschen um sich sah und namentlich die langen Winterabende fast immer allein zubrachte, so lieh die regsame und gestaltende Phantasie, welche ihr ganz besonders eigen war, den Dingen um sie her eine Art von Leben und Bewußtsein. Sie borgte Theilchen ihrer Seele aus an die alten Möbel ihrer Kammer, und die alten Möbeln erhielten so die Fähigkeit, sich mit ihr zu unterhalten; meistens freilich war diese Unterhaltung eine stumme, aber sie war dafür desto inniger und ohne Mißverständniß. Ihr Spinnrad, ihr braungeschnitzter Lehnstuhl waren gar sonderbare Dinge, die oft die eigenthümlichsten Grillen hatten; vorzüglich war dies aber der Fall mit einer altmodischen Stutzuhr, welche ihr verstorbener Vater vor über fünfzig Jahren, auch damals schon als ein uraltes Stück, auf dem Trödelmarkt zu Amsterdam gekauft hatte. Das Ding sah freilich seltsam genug aus: zwei Meerweiber, aus Blech geschnitten und dann übermalt, lehnten zu jeder Seite ihr langhaariges Antlitz an das vergilbte

Zifferblatt; die schuppigen Fischleiber, welche von einstiger Vergoldung zeugten, umschlossen dasselbe nach unten zu; die Weiser schienen dem Schwanze eines Scorpions nachgebildet zu sein. Vermuthlich war das Räderwerk durch langen Gebrauch verschlissen; denn der Perpendikelschlag war hart und ungleich, und die Gewichte schossen zuweilen mehrere Zoll mit einem Mal hinunter.

(…)

Die Uhr hatte aber auch wirklich ihren eigenen Kopf; sie war alt geworden und kehrte sich nicht mehr so gar viel an die neue Zeit; daher schlug sie oft sechs, wenn sie zwölf schlagen sollte, und ein ander Mal, um es wieder gut zu machen, wollte sie nicht aufhören zu schlagen, bis Marthe das Schlagloth von der Kette nahm. Das Wunderlichste war, daß sie zuweilen gar nicht dazu kommen konnte; dann schnurrte und schnurrte es zwischen den Rädern, aber der Hammer wollte nicht ausholen; und das geschah meistens mitten in der Nacht. Marthe wurde jedesmal wach; und mochte es im klingendsten Winter und in der dunkelsten Nacht sein, sie stand auf und ruhte nicht, bis sie die alte Uhr aus ihren Nöten erlöst hatte. Dann ging sie wieder zu Bette und dachte sich allerlei, warum die Uhr sie wohl geweckt habe, und fragte sich, ob sie in ihrem Tagewerk auch etwas vergessen, ob sie es auch mit guten Gedanken beschlossen habe.

Nun war es Weihnachten. Den Christabend, da ein übermäßiger Schneefall mir den Weg zur Heimat versperrte, hatte ich in einer befreundeten, kinderreichen Familie zugebracht; der Tannenbaum hatte gebrannt, die Kinder waren jubelnd in die langverschlossene Weihnachtsstube gestürzt; nachher hatten wir die unerläßlichen Karpfen gegessen und Bischof dazu getrunken; nichts von der herkömmlichen Feierlichkeit war versäumt worden. – Am andern Morgen trat ich zu Marthe in die Kammer, um ihr den gebräuchlichen Glückwunsch zum Feste abzustatten. Sie saß mit untergestütztem Arm am Tische; ihre Arbeit schien längst geruht zu haben.

»Und wie haben Sie denn gestern Ihren Weihnachtabend zugebracht?« fragte ich.

Sie sah zu Boden und antwortete:»Zu Hause.«

»Zu Hause? Und nicht bei Ihren Schwesterkindern?«

»Ach«, sagte sie,»seit meine Mutter gestern vor zehn Jahren hier in diesem Bette starb, bin ich am Weihnachtabend nicht ausgegangen. Meine Schwester schickte gestern wohl zu mir, und als es dunkel wurde, dachte ich wohl daran, einmal hinzugehen; aber – die alte Uhr war auch wieder so drollig; es war accurat, als wenn sie immer sagte: Thu es nicht, thu es nicht! Was willst du da? Deine Weihnachtfeier gehört ja nicht dahin!«

Und so blieb sie denn zu Haus in dem kleinen Zimmer, wo sie als Kind gespielt, wo sie später ihren Eltern die Augen zugedrückt hatte, und wo die alte Uhr pickte ganz wie dazumalen. Aber jetzt, nachdem sie ihren Willen bekommen und Marthe das schon hervorgezogene Festkleid wieder in den Schrank verschlossen hatte, pickte sie so leise, ganz leise und immer leiser, zuletzt unhörbar. – Marthe durfte sich ungestört der Erinnerung aller Weihnachtsabende ihres Lebens überlassen: Ihr Vater saß wieder in dem braungeschnitzten Lehnstuhl; er trug das feine Sammetkäppchen und den schwarzen Sonntagsrock; auch blickten seine ernsten Augen heute so freundlich; denn es war Weihnachtabend, Weihnachtabend vor – ach, vor sehr, sehr vielen Jahren! Ein Weihnachtsbaum zwar brannte nicht auf dem Tisch – das war ja nur für reiche Leute –; aber statt dessen zwei hohe dicke Lichter; und davon wurde das kleine Zimmer so hell, daß die Kinder ordentlich die Hand vor die Augen halten mußten, als sie aus der dunklen Vordiele hineintreten durften. Dann gingen sie an den Tisch, aber nach der Weise des Hauses ohne Hast und laute Freudenäußerung, und betrachteten, was ihnen das Christkind einbeschert hatte. Das waren nun freilich keine theuern Spielsachen, auch nicht einmal wohlfeile, sondern lauter nützliche und nothwendige Dinge: ein Kleid, ein Paar Schuhe, eine Rechentafel, ein Gesangbuch und dergleichen mehr; aber die Kinder waren gleichwohl glücklich mit ihrer Rechentafel und ihrem neuen Gesangbuch, und sie gingen eines ums andere dem Vater die Hand zu küssen, der während-

dessen zufrieden lächelnd in seinem Lehnstuhl geblieben war. Die Mutter mit ihrem milden freundlichen Gesicht unter dem eng anliegenden Scheiteltuch band ihnen die neue Schürze vor und malte ihnen Zahlen und Buchstaben zum Nachschreiben auf die neue Tafel. Doch sie hatte nicht gar lange Zeit, sie mußte in die Küche und Apfelkuchen backen; denn das war für die Kinder eine Hauptbescherung am Weihnachtabend; die mußten notwendig gebacken werden. Da schlug der Vater das neue Gesangbuch auf und stimmte mit seiner klaren Stimme an: Frohlocket, lobsinget Gott; die Kinder aber, die alle Melodien kannten, stimmten ein: Der Heiland ist gekommen; und so sangen sie den Gesang zu Ende, indem sie alle um des Vaters Lehnstuhl herumstanden. Nur in den Pausen hörte man in der Küche das Hantiren der Mutter und das Prasseln der Apfelkuchen. – –

Tick, tack! ging es wieder; tick, tack! immer härter und eindringlicher. Marthe fuhr empor; da war es fast dunkel um sie her, draußen auf dem Schnee nur lag trüber Mondschein. Außer dem Pendelschlag der Uhr war es todtenstill im Hause. Keine Kinder sangen in der kleinen Stube, kein Feuer prasselte in der Küche. Sie war ja ganz allein zurückgeblieben; die Andern waren alle, alle fort. – Aber was wollte die alte Uhr denn wieder? – Ja, da warnte es auf elf – und ein anderer Weihnachtabend tauchte in Marthens Erinnerung auf, ach! ein ganz anderer; viele, viele Jahre später. Der Vater und die Brüder waren todt, die Schwestern verheirathet; die Mutter, welche nun mit Marthen allein geblieben war, hatte schon längst des Vaters Platz im braunen Lehnstuhl eingenommen und ihrer Tochter die kleinen Wirthschaftssorgen übertragen; denn sie kränkelte seit des Vaters Tode, ihr mildes Antlitz wurde immer blässer, und ihre freundlichen Augen blickten immer matter; endlich mußte sie auch den Tag über im Bette bleiben. Das war schon über drei Wochen, und nun war es Weihnachtabend. Marthe saß an ihrem Bett und horchte auf den Athem der Schlummernden; es war todtenstill in der Kammer, nur die Uhr pickte. Da warnte es auf elf, die Mutter schlug die Augen auf und verlangte zu trinken. »Marthe«, sagte sie, »wenn es erst Frühling wird und ich wieder zu Kräften gekommen bin, dann wollen wir deine Schwester Hanne besuchen; ich habe ihre Kinder eben im Traume gesehen; – du hast hier gar zu wenig Vergnügen.« – Die Mutter hatte ganz vergessen, daß Schwester Hannes Kinder im Spätherbst gestorben waren; Marthe erinnerte sie auch nicht daran, sie nickte schweigend mit dem Kopf und faßte ihre abgefallenen Hände. Die Uhr schlug elf. – Auch jetzt schlug sie elf, aber leise, wie aus weiter, weiter Ferne. – Da hörte Marthe einen tiefen Athemzug; sie dachte, die Mutter wollte wieder schlafen. So blieb sie sitzen, lautlos, regungslos, die Hand der Mutter noch immer in der ihren; am Ende verfiel sie in einen schlummerähnlichen Zustand. Es mochte so eine Stunde vergangen sein; da schlug die Uhr zwölf! – Das Licht war ausgebrannt, der Mond schien hell ins Fenster; aus den Kissen sah das bleiche Gesicht der Mutter. Marthe hielt eine kalte Hand in der ihrigen. Sie ließ diese kalte Hand nicht los, sie saß die ganze Nacht bei der todten Mutter. –

So saß sie jetzt bei ihren Erinnerungen in derselben Kammer, und die alte Uhr pickte bald laut, bald leise; sie wußte von Allem, sie hatte Alles mit erlebt, sie erinnerte Marthe an Alles, an ihre Leiden, an ihre kleinen Freuden. –

Ob es noch so gesellig in Marthens einsamer Kammer ist? Ich weiß es nicht; es sind viele Jahre her, seit ich in ihrem Hause wohnte, und jene kleine Stadt liegt weit von meiner Heimath. – Was Menschen, die das Leben lieben, nicht auszusprechen wagen, pflegte sie laut und ohne Scheu zu äußern: »Ich bin niemals krank gewesen; ich werde gewiß sehr alt werden.«

Ist ihr Glaube ein richtiger gewesen, und sollten diese Blätter den Weg in ihre Kammer finden, so möge sie sich beim Lesen auch meiner erinnern. Die alte Uhr wird helfen; sie weiß ja von Allem Bescheid.

 Apfelkuchen

Apfelkuchen war ein Gericht, das in vielen Lebenserinnerungen und Biographien der Küstenländer mit nostalgischer Innigkeit erwähnt und beschrieben wird. Apfelkuchen ist aber kein Kuchen im allgemeinen Sinn. Dieser weihnachtliche Apfelkuchen besteht aus Hefeteig mit schon festlich weißem Weizenmehl oder aus alltäglichem Buchweizenmehl. Manchmal rührte die Hausfrau am 24. Dezember auch zweierlei Teige an, den Buchweizenteig für Heiligabendmittag noch als Fastengericht, dann den Weizenteig für die abendliche Festspeise. Wie schlicht oder üppig der Teig auch war, er muss dick-flüssig sein wie Pfannkuchenteig, wird mit kleingewürfeltem Apfelfleisch vermischt und löffelweise in der Ochsenaugenpfanne ins zischelnde Fett gegeben und von beiden Seiten goldbraun ausgebacken. Im Teig können auch noch Rosinen oder Korinthen sein, und die fertigen Apfelkuchen werden gestapelt, mit Zucker und Zimt bestreut oder mit Puderzucker, auf jeden Fall gleich aufgetragen und so heiß wie möglich aufgefuttert.

Otto Lemke

Mecklenburgische Weihnachtsbräuche

Um die Weihnachtszeit stürmt es meistenteils an der Wasser-
kante. Die Familie sitzt in der »Schummerstunde« (Dämme-
rung) um den Tisch herum. »Grootvadding, wotau huult dat so
üm uns' Huus un klappert mit de Finsterladen?« fragt der En-

kel. »Dat is dei Wood, mien Jung«, und er erfährt, daß um diese Zeit Allvater Wodan durch die Lüfte reitet und überall nach dem Rechten sieht. Auf dem Felde darf weder Pflug noch Egge stehen bleiben. Alles muß unter Dach und Fach gebracht werden. Es hindert den Woden und trägt einen Schaden davon. Um den Woden – hier und da auch als »Wilder Jäger« oder »Wilde Jagd« bekannt – gnädig zu stimmen, läßt man am Obstbaum die letzte Frucht hängen.

»Dei Wood mööt Fauder hebben för sien Pierd«, sagt man. Uralter Fruchtzauber, der auch am Behang des Tannenbaums sichtbar wird. Immer noch schmücken ihn auch Äpfel, die der »Wiehnachtsappelboom« bescherte. Und mit der Wäsche ist es um diese Zeit auch eine eigene Sache. Einige meinen, daß in dieser Zeit überhaupt nicht gewaschen werden dürfe, andere behaupten, man dürfe sie nicht im Freien zum Trocknen aufhängen, »nich Tuun un Lien bekleden«. Sie hindere den Woden auf seinem Ritt um die Welt und würde zerrissen. Der Sturm hat es oft genug getan. Selbst in großen Städten respektiert manche Hausfrau den alten Glauben heute noch, wenngleich sie auch nicht immer um seinen Sinngehalt weiß. Er wird von Waschmaschinen und Trockenschleudern mehr und mehr verdrängt. Noch in den ersten Jahrzehnten unseres Jahrhunderts waren weite Bevölkerungskreise davon überzeugt, daß eine Familie, die entgegen dem Glauben doch Zaun und Leine bekleidet (d. h. Wäsche zum Trocknen im Freien aufgehängt) hatte, im kommenden Jahr einen Toten bekleiden müsse. Geschah solcher Frevel sogar in den Zwöften, dann zöge dieser Tote elf weitere in dem Stadtviertel nach sich, war eine weit verbreitete Meinung. Ängstliche Gemüter haben mehr als einmal aus diesem Grunde ihren Wohnsitz gewechselt.

»Grootvadding, hest du denn' Woden al mal eins seihn?« fragt der Enkel weiter. Gesehen habe er ihn nicht, wohl aber gehört, sagt Großvater und erzählt, er sei in seinen jungen Jahren einmal am 2. Weihnachtsabend über die Gaarzer Heide nach Hause gegangen. Da sei der Wode angeritten gekommen, hinter sich eine Meute von Hunden, die ihn, den Großvater, gar arg bedrängten. Als er sich ihrer kaum noch erwehren konnte, habe eine Stimme gerufen: »Holl di an 'n Dießelstieg, denn bieten di mien Hunnen nich!« Er sei darauf in die Mitte des Weges getreten, also dorthin, wo sich bei einem Zweispännerwagen die Deichsel befindet, und die Hunde seien an ihm vorbeigelaufen.

Richard Wossidlo, Mecklenburgs bekannter Volkstumsforscher, berichtet, daß ihm viele Befragte (Landarbeiter, Schäfer, Bauern, Fischer) vom Woden erzählt hätten. Gesehen und gehört hätten sie ihn aber nicht. Was sie wüßten, hätten sie von den Alten erfahren.

Der Vorgeschmack des Weihnachtsfestes beginnt mit dem Backen der Pfeffernüsse, ohne die Weihnachten nicht denkbar sind. Hatte der Bäcker das Brot aus dem Ofen, dann begann in der Backstube ein reges Leben und Treiben. Die meisten Hausfrauen hatten ihr eigenes Rezept, dessen Zusammensetzung sie ängstlich hüteten. Urgroßmutters Backbuch verrät einiges. Unter »Weiße Pfeffernüsse« steht geschrieben:»Man nehme 5 Pfund Mehl, 5 Pfund Zucker, 20 Eier, 3 Zitronen, 3/4 Pfund Butter und eine Messerspitze voll Hirschhornsalz«.»Man nehme« hieß es unter dem Stichwort»Braune Pfeffernüsse«:»6 Pfund Mehl, 3 Pfund Sirup, 3 Pfund Zucker, 1 1/2 Pfund Butter, drei Zitronen und 40 Gramm Pottasche.« In Wäschekörben wurden die Köstlichkeiten nach Hause getragen, hier jede Sorte für sich in einen Leinenbeutel geschüttet, der dann oben auf den Kachelofen gelegt wurde. So blieben die Pfeffernüsse knusprig und waren vor möglichen Zugriffen seitens der Kinder einigermaßen sicher.

Hervorstechendes Sinnbild des weihnachtlichen Brauchtums ist der Tannenbaum. Heimisch wird er in Mecklenburg im 4. Jahrzehnt des 19. Jahrhunderts, zunächst in den Städten, dann auf dem platten Lande. Nach der Familienüberlieferung versorgte der Plauer Müller Reimar Lemke mehrere Berliner Verkaufstellen mit Plauer Grütze, die sich eines guten Rufes erfreute. In Berlin, wo der lichtergeschmückte Baum nach den Freiheitskriegen allgemeine Verbreitung fand, lernte der Urgroßvater ihn kennen, fällte auf der Rückfahrt in den riesigen Nadelwäldern einen Baum und überraschte seine Familie am Heiligabend damit. Die Nachbarn guckten in die Fenster und bestaunten die strahlende Herrlichkeit. Im nächsten Jahr besorgten sie sich auch einen Tannenbaum, der seinen Siegeszug angetreten hatte.

Bis in die Gegenwart hinein war es üblich, den Tannenbaum zu »holen«. In den Wäldern standen ja genug davon. Man mußte nur darauf achten, daß man bei Schnee den Wald in der gleichen Spur verließ, in er man ihn betreten hatte. Wer ängstlichen Gemütes war, konnte seinen Baum auch bei einem Gärtner kaufen. Ein solcher Baum wurde aber nicht als echt angesehen. Ein aus Mecklenburg vertriebener Gutsbesitzer erzählte in einer vorweihnachtlichen Feierstunde, er habe sich bei der Besichtigung seiner Wälder stets eine als Weihnachtsbaum geeignete große Fichte angemerkt, aber in jedem Jahr sei sie – »dei prachtvullste Boom in de ganze Gegend« – acht Tage vor Weihnachten verschwunden gewesen. Daraufhin fragte ihn der mit ihm geflüchtete Statthalter, ob ihm denn der Baum, der in der Halle des Schlosses aufgestellt gewesen sei, nicht gefallen habe. Der sei noch schöner gewesen als der, den er sich gemerkt hatte, bekam er zur Antwort. Er wundere sich nur, daß er ihm nicht aufgefallen sei. Das habe er nicht können, antwortete sein alter Mitarbeiter. »Dei stammt von de anner Siet von de Scheid. Wi hebben Johr för Johr tuuscht, un ik heff ümmer seihn, dat wi denn' besten kregen.«

Nach welchen Gesichtspunkten die Tannenbäume geschlagen und verteilt wurden, berichtet John Brinckman (1814–1870) im 19. Kapitel seiner Erzählung »Uns' Hergott up Reisen«. Auch Fritz Reuter (1810–1874) kennt das Sinnbild des Weihnachtsfestes. Er erzählt im 7. Kapitel seines Romans »Ut miene Stromtiet« u. a.: »Endlich, endlich klung de Klingel, de Döör gung up un – ah! dor stunn de Dannenboom midden in de Stuuv up denn' runnen Disch, un unner denn' Dannenboom stunnen so vele Schütteln mit Appeln und Nööt un Pepernööt, as Huusinwahners wiern.«

Bevor die Geschäftswelt sich des Tannenbaums bemächtigte, entstammt sein ›Behang‹ völlig der häuslichen Wirtschaft. Außer den schon genannten Äpfeln, die rotbäckig sein mußten und mit roten Wollfäden an die Zweige gebunden wurden, trug der Baum als Schmuck vergoldete Nüsse. Ihnen liegt die Darstellung der Sonne zugrunde, die ja nun bald wieder höher steigt. Noch im 1. Jahrzehnt des 20. Jahrhunderts war ein Teil der Weihnachtsbäckerei dem Tannenbaumschmuck zugedacht;

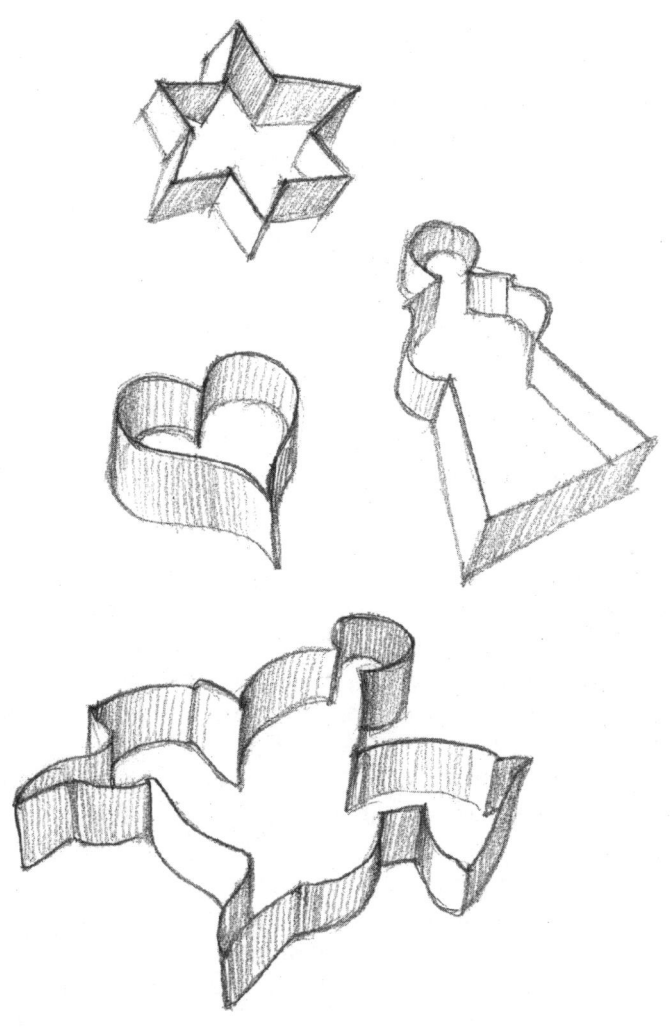

jeder Bäckermeister unserer Städte hielt Ausstechformen für
»Stierns, Poppen, Pierd un Pierd mit 'n Rieder up« (Wodan!)
vorrätig, bald in kleineren, bald in größeren Ausmaßen. Den
Grundstoff bildete der jeweilige Pfeffernußteig, doch wurde
der braune bevorzugt. Augen, Knöpfe und Hufeisen wurden
aus Backbirnstücken geschnitten. Auch Rosinen und Mandel-
stücke wurden für die »Kleinmalerei« benutzt, desgleichen

Bucheckern. Durch Bestreichen mit Eiweiß bekam der begehrte Schmuck den nötigen Glanz. Ältere Kinder, die nicht mehr so recht an den Weihnachtsmann glaubten, konnten bei diesen Arbeiten helfen. Sie vergoldeten auch die Nüsse und fertigten bunte Papierketten an. Im letzten Jahrzehnt des 19. Jahrhunderts hielten dann die Erzeugnisse der Glasbläser – Spitze sowie Kugeln aller Art – und Lametta ihren Einzug und erhöhten den Glanz des wundersamen Baumes.

Hinter der verschlossenen Tür wurde er in der guten Stube »aufgeputzt«. Wohnte eine Familie beengt, dann erfolgte das Schmücken des Baumes in der Wohnstube. Die Kinder hielten sich in den Stunden, bevor der Weihnachtsmann kam, in der Küche auf.

Durch Klopfen an Fensterladen oder Tür kündigte sich der Weihnachtsmann an. Lange Stiefel, Mantel, Bart und Kappe waren seine äußeren Kennzeichen. In dieser Verkleidung steckte meistenteils ein Angehöriger der Familie, die auch einen Nachbarn oder Freund um diesen Dienst gebeten haben konnte. Verlief alles zur Zufriedenheit – waren die Kinder artig gewesen und konnten sie beten –, dann wurde der große Sack geöffnet, und die Geschenke wurden verteilt. Sie hielten sich stets in bescheidenen Grenzen. Nicht immer gelang dem Weihnachtsmann sein Versteckspiel. Kärling, ein hellwacher Junge von fünf Jahren, hat einmal gemeint: »Wihnachtsmann, du kannst ja graad so hausten as Unkel Heiner. Dei nimmt denn ümmer 'n lütten Sluck. Dei Buddel steiht in't Kökenschapp.« Wenn der Weihnachtsmann sich verabschiedet hatte, wurde der Tannenbaum, der, wenn es die räumlichen Verhältnisse nur irgend zuließen, in der Mitte des Zimmers stand, »angesungen«: »O Tannenbaum, wie grün sind deine Blätter«. Es folgte das Lied von der stillen, heiligen Nacht. »O du fröhliche« klang auf, und »Vom Himmel hoch, da komm ich her« beschloß den musikalischen Teil der Feier. Oft faßten sich die Familienangehörigen bei der Hand, bildeten einen Kreis und gingen so singend um den Tannenbaum herum. Er blieb vielfach bis zum Fest der Heiligen Drei Könige (6. Januar) stehen, wo er »geplündert« wurde. Bevor es zu Tisch ging, wurden die die Tiere bedacht. Kühe und Pferde bekamen außer einem Leckerbissen besonderer Art ihr Lieblingsfutter. Der Imker sagte seinen Bienen, daß Heiligabend sei, und klopfte vorsichtig an jeden Korb oder Kasten. Vernahm er ein leises Summen, dann stand ein gutes Bienenjahr bevor. Vielfach wurden die Obstbäume mit Wasser getränkt, in dem das Festessen gekocht wurde. Obstbäume mit dünnerem Stamm wurden geschüttelt. Reichten die Kräfte hierzu nicht aus, wurde die Rinde beklopft. Beides geschah aber nur bei windstillem Wetter, da nach dem alten Glauben der Wode sich dann eine andere Reisestrecke ausgesucht hatte. Konnte er durch Bewegen der Bäume im Sturm diesen keine Fruchtbarkeit geben, dann mußte der Mensch mit seinen schwachen Kräften diese Aufgabe übernehmen.

Als Festessen kam vielfach eine Schweinebacke auf den Tisch, wohl auch ein ganzer Schweinekopf. War er mit Zimt und Zucker bestreut, dann war es »Swienskopp mit Musik«. Dazu gab es Grünkohl und kleine runde Bratkartoffeln, die von Fett glänzten. Dem Essen mußte tüchtig zugesprochen werden. Der »Vullbuuksabend« sollte vorbedeutend sein für kommenden Wohlstand. Auch der Karpfen war in dieser Zeit beliebt. Eine in die Geldbörse gelegte Schuppe bewirkte Sicherung gegen geldliche Schwierigkeiten im kommenden Jahr, ein Brauch, der auch heute noch geübt wird.

In den Städten zogen am Heiligabend die Kuh- und Schafhirten durch die Straßen. Durch Blasen auf ihren Hörnern kündeten sie ihr Erscheinen an. Sie besuchten jedes Haus, aus dem sie im Sommer ein Tier betreut hatten, und wünschten dem Hausherrn und seiner Familie ein gesegnetes Weihnachtsfest. Sie bekamen »eingeschenkt«, empfingen ein Geldgeschenk und hielten auch wohl einen mitgebrachten Beutel auf, in dem Pfeffernüsse, ein Stück Speck, eine Wurst nebst Äpfeln und Nüssen verschwanden. Der Brauch endete Mitte der dreißiger Jahre, als infolge des zunehmenden Kraftfahrzeugverkehrs der Weideaustrieb eingestellt wurde.

In den Dörfern hörte das »Heudlüüdsblasen« (Blasen der Hirtenleute) auf. Einst zogen die Betreuer des Weideviehs von Gehöft zu Gehöft. Der Mutigste unter ihnen trat in die Stube und sagte seinen Spruch:

»Ik wünsch ok allen fröhliche Wihnacht,
Freden, Gesundheit, Freud un Einigkeit,
veel Glück un Segen, ein langes Leben,
un dorna dei ewige Seligkeit. Amen!«

Das Gabenheischen ließ auch vielfach die Kinder nicht ruhen.
Hinter einer selbstgemachten Maske verborgen, gingen sie von
Tür zu Tür und murmelten – oftmals verlegen – ihren Spruch:

»Ik wünsch ein fröhliches Wihnachtsfest,
Äten und Drinken is doch das best,
un ein langes Leben,
Willen S' mi nich en poor Pepernööt geben?«

Wurden noch weitere Gaben gereicht, dann war die Freude besonders groß.

Zum Heiligen Abend gehörte auch die »Julklapp«, die unter lautem Rufen dieses Namens auf die Diele geworfen, auf den Flur gelegt oder an den Türdrücker gehängt wurde. Ineinandergelegte, gut verschnürte und verpackte Pakete oder Päckchen bezeichneten den Vater als den Empfänger. War die erste Hülle entfernt, dann wurde auf der zweiten die Schwester angesprochen. Aber auch sie war nicht gemeint. Der auf dem letzten Päckchen stehende Name verriet den wahren Empfänger. Es konnte auch sein, daß die Julklapp nur den Empfänger hatte, dessen Namen auf dem Paket stand oder daß in diesem ein Zettel lag, der auf einen anderen hinwies, der in der Schlafstube versteckt war, dieser wiederum auf einen weiteren, den der Küchenschrank verbarg. Auch Keller, Abseite und Dachboden wurden angesprochen. Julklapp in dieser Form war geeignet, die Familie längere Zeit in Spannung zu halten, denn erst der letzte Zettel verriet Geschenk und Empfänger.

Veränderte wirtschaftliche Verhältnisse haben manchen Brauch zum Erliegen gebracht. Geblieben aber ist die Freude am Schenken und Beschenktwerden, an dem strahlenden Licht des Weihnachtsbaumes und an dem unverändert starken Besuch des Gottesdienstes am Heiligen Abend, der unter dem Christuswort steht: »Ich bin das Licht, das in die Welt gekommen ist.«

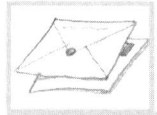 # Weihnachten in der Franzosenzeit

Ernst Moritz Arndt, Historiker und Philosoph, ab 1812 Sekretär des Staatsmanns und Reformers Freiherr vom Stein, ersehnte wie Tausende in allen deutschen Ländern die nationale Einheit und bewunderte den preußischen Prinz Louis Ferdinand, den Neffen Friedrich II., der 1806 im Kampf gegen Napoleon gefallen war. Ein Krieger wie er zu sein, für ein Deutsches Reich zu kämpfen, das war nicht nur Traum der Männern, sondern so ließen sie auch ihre Söhne träumen. Deshalb bekamen die Knaben zu Weihnachten »Trommel, Pfeifen und Gewehr/Fahn' und Säbel und noch mehr,/ja ein ganzes Kriegesheer/möcht ich gerne haben!«, wie es im Kinderlied »Morgen kommt der Weihnachtsmann« heißt.

Die fröhlichen Weihnachtstage

Ernst Moritz Arndt an Charlotte von Kathen

Greifswald, den 21. Dec. 1810.
Es ist lange, verehrungswürdige Frau, als ich Ihre letzten freundlichen Worte erhielt, und in Leid und Freud, wie des Menschen Leben steht, ist seitdem mancher Tag vergangen. Ich selbst habe ein stilles und heiteres Leben gelebt, ganz im teutschen Volke und im Studium teutscher Geschichte und Sprache in meinen ledigen Stunden; aber außer mir – was auch in mir ist – sind auch trübe Stunden und Geschichten gewesen bei Freunden, die ich lieb habe ... Einen Landsmann haben wir neulich verloren, einen frommen himmlischen Jüngling, dem das Schicksal nur gegönnt hat anzudeuten, was er in gediegener Mannesfülle hätte sein können: ich spreche von dem wackeren Maler Runge, der vor einigen Wochen in Hamburg ge-

40

storben ist. Die Zeit, scheint es, will das Beste schnell ausstoßen. Da habe ich denn wenigstens Hoffnung, noch lange zu leben und noch vieles mitzuerleben …

Nun kommen die fröhlichen Weihnachtstage (ich sollte recht froh sein, denn meine Eltern haben an einem Weihnachtstage sich einst meiner Geburt gefreut), und um mich liegen Säbel, Bogen, Schrittschuhe, Messer und mancherlei wildes und zahmes Vieh, was der heilige Christ alles meinem Buben bringen soll; ich kann nichts Schöneres tun, als Ihnen und den Ihrigen eine lustige, fröhliche Zeit, und uns allen ein Jahr zu wünschen, wo den Guten auch irdisch ein Glanz von Heil und Freiheit aufgeht. Gott segne Sie. Tausend Grüße an alle von Bruder Fritz bis auf Großmutter.

Knecht Niklas übers Wasser ging

Den Tag, da ab Dunkelwerden Heiligabend ist, kam ein Hamburger Gaffelschoner von Jamaika. Das Schiff hatte Kolonialrum geladen, der den Hanseaten zum Silvesterpunsch dienlich sein sollte. Der Wind blies östlich, aber die Tide lief günstig und der Kapitän verstand sich aufs Kreuzen. Schon war man elbauf Glückstadt vorbei, und jedermann an Bord hoffte, auf dem Rücken der Flut so gnädig als rechtzeitig in eine warme Stube unter den Lichterbaum zu gelangen.

Jedoch bei Julssand begann die Elbe Treibeis zu führen und spickte sich mehr und mehr damit, sodass es die weihnachtliche Eile des braven Seglers dämpfte. Ehe man sich's versah, kenterte nun auch der Strom und lief seewärts und brachte das Eis, das zur Flutzeit gen Hamburg getrieben war, in hellen Mengen zurück. Mit Bedauern musste der Schiffsführer sehen, wie sein gutes Schiff trotz praller Segel keinen Nagel breit mehr Fahrt voraus machte. Darum ließ er Anker werfen und die Segel festmachen, um wohl oder übel die nächste Tide abzuwarten. Denn zu der Zeit gab es noch keinen Motor. Die Mannschaft fluchte ellenlang im Hinblick darauf, den Christabend in Ungemütlichkeit und Mangel zu verbringen. Nur der Schiffsjunge blieb still, er durfte ja auch nicht fluchen und schlich, sobald es die Arbeit erlaubte, in seine Koje, sein Herz zu erleichtern, weinte und betete, es möge ihm an Weihnachtsüberraschung doch nicht gänzlich alles diesen Abend entgehen. Er war ja noch klein, und an Bord gab es nur Erbsmus, Hartbrot und Plörtee, und selbst das ging auf die Neige.

Als nun die Gäste misslaunig ins Logis polterten, eine Tranfunzel entzündeten und auch ihre Brösel, um sich mit Tabakswolken und Kartenspiel über den Heiligen Abend hinwegzusetzen, da drückte sich der kleine Schiffsjunge wieder an Deck. Es war schon dämmernd und leicht diesig dazu. Man konnte kein Ufer erkennen, kein Feuer und keinen Stern. Die treibenden Eisschollen schimmerten im dunklen Strom gleich allerhand Zuckerwerk und knufften und knisterten am Schiffsrumpf; das Wasser schmatzte und gluckste, und der Wind spielte auf der Takelung. Das deuchte dem Jungen heute eine sonderbare Musik, so, als stehe er neben der Orgel zu St. Georg, wenn sie leise spielt, und er sei Chorjunge wie noch vorm Jahr und bei der Weihnachtsandacht dort.

Auf einmal erblickte er ein Licht mitten im Strom, und da die Ankerwache es nicht aussang, sang er es aus, wie es Pflicht ist, und es kam seinem Herzen gerade zupass, es aus voller Kehle auszusingen, grad, als wollte er einen Choral anheben: Licht über Backbord!

Kapitän und Steuermann trampten von achtern, die Matrosen von vorn herbei, das Licht in Augenschein zu nehmen, und nach einer Weile erkannte es jeder und dachte erfreut: Welch Trost, dass es noch andere Leute gibt, die Pech haben! Hielten sie doch das Licht für die Ankerlampe eines anderen Schiffes. Das Licht lag aber nicht still, sondern schwebte in schnurgeradem Kurs auf sie zu. Das war, wenn man Strom und Wind bedachte, ein höchst merkwürdiger Umstand. Der Kapitän machte jedoch bald durchs Fernrohr aus, dass es gar kein Schiff sei, sondern eine Person. Und fügte nach kurzer Pause hinzu: Ein Kerl, der wahnsinnig sein müsse, so im Dustern über die mürben Schollen zu laufen und zu riskieren, Weihnachten als Wasserleiche zu feiern. Und er ließ das Boot klar machen, um dem Manne Hilfe zu leisten. Indes kam der näher, ohne unterzusinken, und jeder konnte ihn jetzt mit bloßem Auge wahrnehmen. Er ging über die schwimmenden Eisschollen wie auf ebener Tenne, und ehe man das Boot ausgeschwungen hatte, war er heran. Die Matrosen warfen die Jakobsleiter über die Reling, ganz vergnügt wegen der Abwechslung, obschon einer brummte, ein junges Mädchen wäre ihm lieber als dieser Greis. In der Tat, der Schollenwandler erwies sich als ein alter Mann, weißhaarig, vollbärtig. Er trug seine Mütze in der Hand, und sie schien gefüllt von Glitzerndem. In der anderen Hand hatte er einen Knotenstock, vor der Brust baumelte ihm eine Stall-Laterne und auf dem Rücken hing ihm dick ein Felleisen. Aber ungeachtet seiner Last und Jahre enterte er behend an Bord. Die Mannschaft rief Hurra, und der Kapitän stellte ihn zur Rede.

Der alte Mann antwortete freundlich: »Ich bin Knecht im Schu-
lauhafen, und mein Name ist Niklas. Ich sollte euch nur ein
bisschen bringen von dem, was sich gehört am Heiligabend;
denn mein Herr sah, ihr würdet hier sitzen bis Mitternacht, eh
euch die Flut weiterschiebt.«

Damit reichte er seine Mütze dem Koch. Es seien Fische
darin, die er unterwegs gefangen. Der Koch gab die Mütze ein
wenig geringschätzig dem Jungen; drei arme Plietfische, die

würden wohl knapp für den Käptn allein reichen. Der Junge trug sie in die Kombüse. Die Mütze dünkte ihm ungebührlich schwer, und als er die Fische herausnahm, wuchsen sie ihm in der Hand und waren so fett und glatt und groß, dass es eine Lust war, glänzten auch goldig, obwohl die gewöhnliche Färbung der Plieten silbrig ist.

Als der kleine Schiffsjunge sich genügsam gewundert hatte, flutschte er zurück an die Schanze, wo der Schulauer Knecht sein Felleisen auspackte. Da kamen rotbäckige Äpfel zum Vorschein und Helgoländer Pfeffernüsse und ein schaftsstiefelgroßer Wedeler Rosinenstuten sowie eine grobe Bauernmettwurst von Armeslänge und auch ein vernünftiges Stück buttergelben Wilster Marschenkäses und zum Schluss ein Bund Wewelsflether Störkringel im Umfang eines doppelten Patronengurtes. »Fehlt bloß noch'n tüchtigen Grog!«, grunzte zufrieden und naseweis ein Leichtmatrose. Knecht Niklas nickte gefällig zu dieser Ausverschämtheit und sagte:»Im Laderaum geht's tipp und tapp.«

Das erboste den Kapitän. Seine Fässer seien in Ordnung und tadellos getrimmt und gehörten dem Reeder, da sei nichts zu wollen! knurrte er. Der alte Knecht ließ sich aber nicht beirren, sondern fuhr zur Genugtuung der Mannschaft fort:»Leckes Fass macht die Gurgel nass.«Da schickte denn der Kapitän den Steuermann mit Schlüssel und Windlicht nach unten, und tatsächlich, es stellte sich heraus, dass ein Faß richtig leckgesprungen war, worauf der Schiffsführer im Hinblick auf die Versicherung von seinem Recht Gebrauch machte und es freigab. Jeder sputete sich nun, mit Eimer, Topf, Schüssel, Kanne oder Mug seinen Anteil zu erwischen. Um den guten Knecht Niklas, dessen Gaben man rasch ins Logis gestaut hatte, kümmerte sich keine Wimper mehr. Nur dem kleinen Schiffsjungen, der sich sowieso an der Rumquelle nicht beteiligen durfte, fiel es nach einer Weile ein, sich bedanken zu wollen. Da war aber der alte Mann schon von Bord. Ganz klein sah man fern seine Stall-Laterne, und sie schien zu schweben und sich zu heben und leuchtete wie ein Stern in der Dusternis.

In dieser Nacht ging es munter her auf dem ankernden Schoner, der übrigens den Namen »Hoffnung« führte. Der Koch er-

45

staunte nicht schlecht, als er die Fische wiedersah, und schlug vor, sie lieber an einen Goldschmied zu verkaufen. Aber jedermann war nunmehr lecker auf Fisch, und als Smutje ein weiteres Glas getrunken, warf er die Goldplieten einen nach dem anderen in die Pfanne, wo sie brieten und bruzelten wie andere auch, und danach trefflich schmeckten und üppig für alle reichten von der Hütte bis zur Back und auch für den Schiffskater. Da auch gedachte man des netten Knechtes Niklas und stieß voll an auf seine milde Hand und seinen Wagemut. Und während Harm Püsel die Handharmonika spielte und viele ein Weihnachtslied sangen und Gottlieb Timmer ein Weihnachtsgedicht aufsagte, als sei er ein Kind, da verschwor sich einer, was andere könnten, könne er auch, kletterte über Bord und wollte zu Fuß nach Haus, lag aber bald platsch bis zum Halse drin, schrie um Hilfe und kriegte mit Mühe ein Tau zu fassen. Da erst gingen manchem die Augen auf über das Wunder, das geschehen war.

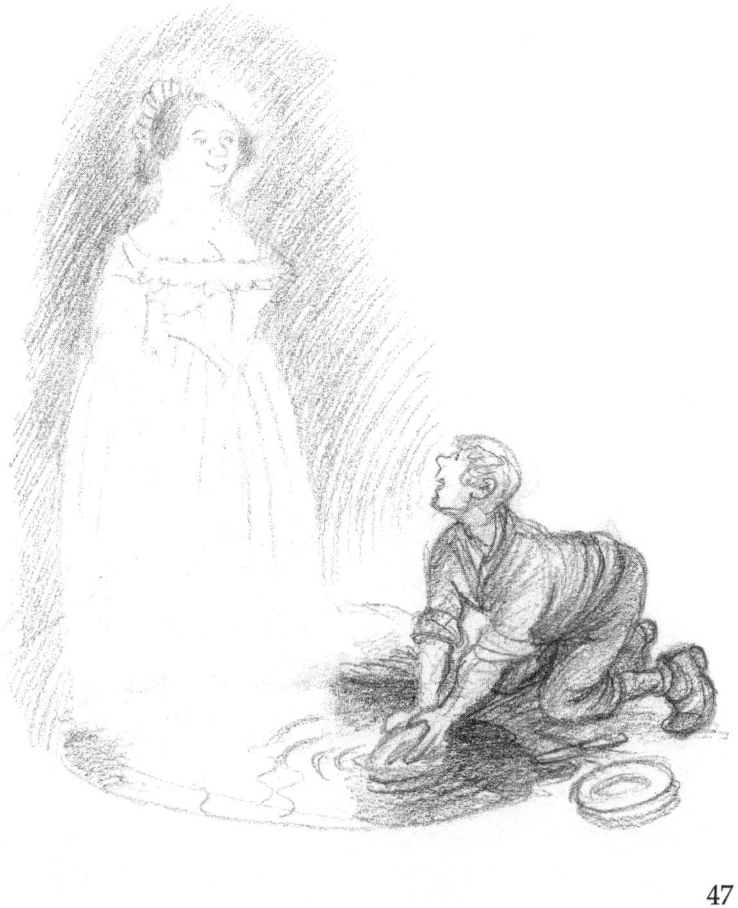

In einzelnen Ortschaften Schleswigs, namentlich in der Umgegend von Tondern, wird das Geschirr, welches bei der Festmahlzeit am Weihnacht- oder Neujahrabend gebraucht worden, als Teller, Messer und Gabel, nicht, wie sonst, nach der Mahlzeit in der Küche gereinigt, sondern muß, von der Benutzung noch unrein, bis etwa zehn Minuten vor Mitternacht stehen bleiben. Alsdann nehmen es die jungen Leute des Hauses, gehen damit an eine Wasserkuhle und spülen es dort rein. Nach dem Volkglauben erscheinen ihnen bei dieser Gelegenheit die Gesichter der Liebhaber und Bräute. Dabei sollen sich Personen, die sich früher nicht gesehen noch kannten, von Angesicht zu Angesicht sehen. Wenn sie dann wieder zurückkommen und von außen durch die Fenster in die Wohnstube hineinsehen, dann erscheinen die Personen des Hauses, welche in dem darauf folgenden Jahre sterben, ohne Kopf.

Ostholsteinischer Weihnachtsbrauch

In Dahme gung de Buur Wiehnachenabend un Heiligen Drei Könige abends mit mi rut, wenn wi wat eten harrn. Denn worr de Leller op jede Eck an de Schün ansett un en Handvoll Stroh ut 't Dack trocken. Dat wörr twei sneden, un dat kreeg'n de Peer mit Hackels in de Krüff. De Doern worrn tomakt. He nehm dat von sin eegen Schün, von all veer Ecken. De Peer stünn in de Schün. He le' dat in de Hackelslad, un ik müß dat tweisnieden. He meng dat un geev er dat. Dat güng stillswiegens.

Op 'n Wiehnachenabend mutt 'n hengahn na 'n Strohdackschün un sik Stroh ut dat Dack haln un dat mank dat Hackels kriegen. Denn ward sin Peer fett un den Nawer sin mager.

49

Detlev v. Liliencron

Nordsee im Winter

Ja! 3 Wintermonate auf der Ozeaninsel Pellworm. Mitten im Meer. Die Nordsee = Mordsee! Ostsee wirklich ein Teich dagegen. Die Nordsee ist grandios, *furchtbar* ernst, Wikinger, norwegische Felsenkönige, Grogk. Wir wohnen bei meiner alten herrlichen Bauernfrau, Mutter Jensen. Essen vorzüglich. Als ich dort königl. Landvogt wurde, war das Erste, daß ich (als unnötig) die Gendarmen auf's Festland sandte. Dann erlaubte ich allen Wirthen, so viel tanzen zu lassen, als sie wollten. Und bis zum jüngsten Tage ist mein Name auf Pellworm: »De Danzbaron«. Aber der *Brodneid* petzte bei der königl. Regierung. Ich bekam einen gottsjämmerlichen Anschiß. Na, hab i g'lacht, hab i g'lacht! – (September 1891, an Arno Holz.)

Eike Linnich

Süßes für die Feiertage

Bäcker ziehen noch zu Beginn des 20. Jahrhunderts mit Hundewagen oder dem Korb unter dem Arm von Haus zu Haus, um zu Weihnachten und Silvester buntbemalte Teigpuppen und Figuren aus Marzipan zu verkaufen. Elsa Peters erzählt von Stutenfrauen, die von Tür zu Tür hausieren und die Weihnachtspuppen als Schmuck für den Tannenbaum angeboten haben. Zum Teig gehörte weiter nichts als Mehl, Hirschhornsalz, Zucker und Wasser. So schreibt Magdalene Steen und meint kurz und treffend dazu: »Dat warrst doch wull noch tosomenkratzen!« Der Brauch erinnert an Spezereien wie Mandeln und Rohrzucker, Feigen und Datteln, Rosinen und kandierte Früchte, Zimt und Nelken, Muskat und Pfeffer, Kardamom und Safran sowie Zitrusfrüchte. Es sind seltene Kostbarkeiten, die zuerst im 13. Jahrhundert mit den Kreuzfahrern in unsere Breitengrade gelangen. Um 1800 besitzt Johann Wilhelm Christian Jaeger ein Backhaus in Büsum und betreibt Handel mit Gewürzen. 1827 übernimmt der Gewürz- und Getreidehändler Eggert Johannsen das Geschäft von seinem Patenonkel Johann Johannsen, dessen Anwesen in der Österstraße steht, wo jetzt das Kaufhaus Carl Johannsen ist und die Familie Grothus mit Haushaltswaren

51

handelt. Bis 1970 gibt es dort in der Abteilung für Lebensmittel noch Gewürze, die immer im Dezember Hochkonjunktur haben, wenn Kuchen und Plätzchen für Advent und Weihnachten auf der Tagesordnung stehen. Im Dezember 1898 – die Büsumer Nachrichten erschienen im ersten Jahr – empfehlen die Kaufleute alles, was das Herz begehrt. Johannes Ohlen hat in einer großen Weihnachtsausstellung Konfekt und Marzipan, Haselnüsse und Paranüsse, Walnüsse und Kokosnüsse, Krachmandeln und Traubenrosinen, Feigen und Datteln, besten Kandissirup und Succade, Zitronen und Apfelsinen sowie extrafeine Gewürze. Auch G. Buhmann in der Alleestraße empfiehlt sämtliche Gewürze zum Backen, das teilweise außer Haus vor sich geht. Denn man kann den Teig zum Bäcker bringen und das fertige Gebäck wieder abholen – das wird noch bis in die 50er Jahre gern gemacht, wenn ein zuverlässiger Backofen fehlt und Feuerung knapp ist. Erst allmählich kann man sich die technischen Wunder leisten, die heute schon nach wenigen Minuten die erwünschte Temperatur erreichen und das Backen kinderleicht gemacht haben. Abgesehen davon, daß die einst teuren Zutaten spottbillig geworden sind! Neben der internationalen Vielfalt konnten sich Schmalznüsse behaupten. Auch einige alte Rezepte muten heimatlich an.

Braune Kuchen

Je 25 g Mandeln, kandierte Orangenschale und Succade (Orangeat und Zitronat) fein hacken. 12,5 g Pottasche in 75 ml Rosenwasser auflösen – dazu 1 Tropfen Rosenöl mit Leitungswasser oder Selters mischen. 50 g Butter, 100 g Schmalz und 400 g dunklen Sirup aufkochen und an die Seite stellen. 600 g Mehl und 100 g Puderzucker durch ein Sieb in die Rührschüssel geben, mit 5 g Zimt und 2,5 g Kardamom mischen und zur Grube formen. Die heiße Flüssigkeit hineingießen und verrühren. Rosenwasser einrühren und den Teig stark schlagen, bis er Blasen bildet. Mit dem Gehackten verkneten, in einen Steintopf geben, zubinden und 8–14 Tage an einen kühlen Platz stellen. Das Backblech mit einer Speckschwarte einfetten. Den Teig auf mehlbestäubter Fläche ausrollen – das ging flott mit einer schlanken Flasche, wenn der Hausstand ohne Nudelholz ausgestattet war. Man legt den Teig mitten auf das Blech und rollt ihn so zum Rand, daß er gleichmäßig dick ist. Anschließend mit kaltem Wasser einpinseln, oft mit einer Gabel einstechen und auf Mitte in den heißen Ofen schieben. Bei 220 Grad hell backen und noch warm mit dünnem Zuckerguß glasieren.

Hans Fallada
Lüttenweihnachten

»Tüchtig neblig heute«, sagte am 20. Dezember der Bauer Gierke ziellos über den Frühstückstisch hin. Es war eigentlich eine ziemlich sinnlose Bemerkung, jeder wußte auch so, daß Nebel war, denn der Leuchtturm von Arkona heulte schon die ganze Nacht mit seinem Nebelhorn wie ein Gespenst, das das Ängsten kriegt.

Wenn der Vater die Bemerkung trotzdem machte, so konnte sie nur eines bedeuten. »Neblig –?« fragte gedehnt sein dreizehnjähriger Sohn Friedrich.

»Verlauf dich bloß nicht auf deinem Schulwege«, sagte Gierke und lachte.

Und nun wußte Friedrich genug, und in seinem Zimmer steckte er schnell die Schulbücher aus dem Ranzen in die Kommode, lief in den Stellmacherschuppen und »borgte« sich eine kleine Axt und eine Handsäge. Dabei überlegte er: Den Franz von Gäbels nehm' ich nicht mit, der kriegt Angst vor dem Rotvoß. Aber Schöns Alwert und die Frieda Benthin. Also los!

Wenn es für die Menschen Weihnachten gibt, so muß es das Fest auch für die Tiere geben. Wenn für uns ein Baum brennt, warum nicht für Pferde und Kühe, die doch das ganze Jahr unsere Gefährten sind? In Baumgarten jedenfalls feiern die Kinder vor dem Weihnachtsfest Lüttenweihnachten für die Tiere, und daß es ein verbotenes Fest ist, von dem der Lehrer Beckmann nichts wissen darf, erhöht seinen Reiz. Nun hat der Lehrer Beckmann nicht nur körperlich einen Buckel, sondern er kann auch sehr bösartig werden, wenn seine Schüler etwas tun, was sie nicht sollen. Darum ist Vaters Wink mit dem nebligen Tag eine Sicherheit, daß das Schuleschwänzen heute jedenfalls von ihm nicht allzu tragisch genommen wird.

Schule aber muß geschwänzt werden, denn wo bekommt man einen Weihnachtsbaum her? Den muß man aus dem Staatsforst an der See oben stehlen, das gehört zu Lüttenweihnachten. Und weil man beim Stehlen erwischt werden kann

und weil der Förster Rotvoß ein schlimmer Mann ist, darum muß der Tag neblig sein, sonst ist es zu gefährlich. Wie Rotvoß wirklich heißt, das wissen die Kinder nicht, aber er ist der Förster und hat einen fuchsroten Vollbart, darum heißt er Rotvoß.

Von ihm reden sie, als sie alle drei etwas aufgeregt über die Feldraine der See entgegenlaufen. Schöns Alwert weiß von einem Knecht, den hat Rotvoß an einen Baum gebunden und so lange mit der gestohlenen Fichte geschlagen, bis keine Nadeln mehr daran saßen. Und Frieda weiß bestimmt, daß er zwei Mädchen einen ganzen Tag lang im Holzschauer eingesperrt hat, erst als Heiligenabend vorbei war, ließ er sie wieder laufen.

Sicher ist, sie gehen zu einem großen Abenteuer, und daß der Nebel so dick ist, daß man keine drei Meter weit sehen kann, macht alles noch viel geheimnisvoller. Zuerst ist es ja sehr einfach: die Raine auf der Baumgartener Feldmark kennen sie: das ist Rothpracks Winterweizen, und dies ist die Lehmkuhle, aus der Müller Timm sein Vieh sommers tränkt.

Aber sie laufen weiter, immer weiter, sieben Kilometer sind es gut bis an die See, und nun fragt es sich, ob sie sich auch nicht verlaufen im Nebel. Da ist nun dieser Leuchtturm von Arkona, er heult mit seiner Sirene, daß es ein Grausen ist, aber es ist so seltsam, genau kriegt man nicht weg, von wo er heult. Manchmal bleiben sie stehen und lauschen. Sie beraten lange, und wie sie weitergehen, fassen sie sich an den Händen, die Frieda in der Mitte. Das Land ist so seltsam still, wenn sie dicht an einer Weide vorbeikommen, verliert sie sich nach oben ganz in Rauch. Es tropft sachte von ihren Ästen, tausend Tropfen sitzen überall, nein, die See kann man noch nicht hören. Vielleicht ist sie ganz glatt, man weiß es nicht, heute ist Windstille.

Plötzlich bellt ein Hund in der Nähe, sie stehen still, und als sie dann zehn Schritte weitergehen, stoßen sie an eine Scheunenwand. Wo sie hingeraten sind, machen sie aus, als sie um eine Ecke spähen. Das ist Nagels Hof, sie erkennen ihn an den bunten Glaskugeln im Garten.

Sie sind zu weit rechts, sie laufen direkt auf den Leuchtturm zu, und dahin dürfen sie nicht, da ist kein Wald, da ist nur die steile, kahle Kreideküste. Sie stehen noch eine Weile vor dem Haus, auf dem Hof klappert einer mit Eimern, und ein Knecht pfeift im Stall: es ist so heimlich! Kein Mensch kann sie sehen, das große Haus vor ihnen ist ja nur wie ein Schattenriß.

Sie laufen weiter, immer nach links, denn nun müssen sie auch vermeiden, zum alten Schulhaus zu kommen – das wäre so schlimm! Das alte Schulhaus ist gar kein Schulhaus mehr, was soll hier in der Gegend ein Schulhaus, wo keine Menschen leben – nur die paar weit verstreuten Höfe … Das Schulhaus besteht nur aus 'runtergebrannten Grundmauern, längst verwachsen, verfallen, aber im Sommer blüht hier herrlicher Flieder. Nur, daß ihn keiner pflückt. Denn dies ist ein böser Platz, der letzte Schullehrer hat das Haus abgebrannt und sich aufgehängt. Friedrich Gierke will es nicht wahrhaben, sein Vater hat gesagt, das ist Quatsch, ein Altenteilhaus ist es mal gewesen. Und es ist gar nicht abgebrannt, sondern es hat leergestanden, bis es verfiel. Darüber geraten die Kinder in großen Streit. Ja, und das nächste, dem sie begegnen, ist gerade dies alte Haus. Mitten in ihrer Streiterei laufen sie gerade darauf zu! Ein Wunder ist es in diesem Nebel. Die Jungens können's nicht lassen, drinnen ein bißchen zu stöbern, sie suchen etwas Verbranntes. Frieda steht abseits auf dem Feldrain und lockt mit ihrer hellen Stimme. Ganz nah, wie schräg über ihnen, heult der Turm, es ist schlimm anzuhören. Es setzt so langsam ein und schwillt und schwillt, und man denkt, der Ton kann gar nicht mehr voller werden, aber er nimmt immer mehr zu, bis das Herz sich ängstigt und der Atem nicht mehr will –:»Man darf nicht so hinhören ...«

Jetzt sind es höchstens noch zwanzig Minuten bis zum Wald. Alwert weiß sogar, was sie hier finden: erst einen Streifen hoher Kiefern, dann Fichten, große und kleine, eine ganze Wildnis, gerade was sie brauchen, und dann kommen die Dünen, und dann die See. Ja, nun beraten sie, während sie über einen Sturzacker wandern: erst der Baum oder erst die See? Klüger ist es, erst an die See, denn wenn sie mit dem Baum länger umherlaufen, kann sie Rotvoß doch erwischen, trotz des Nebels. Sind sie ohne Baum, kann er ihnen nichts sagen, obwohl er zu fragen fertigbringt, was Friedrich in seinem Ranzen hat. Also erst See, dann Baum.

Plötzlich sind sie im Wald. Erst dachten sie, es sei nur ein Grasstreifen hinter dem Sturzacker, und dann waren sie schon zwischen den Bäumen, und die standen enger und enger. Richtung? Ja, nun hört man *doch* das Meer, es donnert nicht gerade, aber gestern ist Wind gewesen, es wird eine starke Dünung sein, auf die sie zulaufen.

Und nun seht, das ist nun doch der richtige Baum, den sie brauchen, eine Fichte, eben gewachsen, unten breit, ein Ast wie der andere, jedes Ende gesund – und oben so schlank, eine Spitze so hell, in diesem Jahre getrieben. Kein Gedanke, diesen Baum stehenzulassen, so einen finden sie nie wieder. Ach, sie sägen ihn ruchlos ab, sie bekommen ein schönes Lüttenweihnachten, das herrlichste im Dorf, und Posten stellen sie auch nicht aus. Warum soll Rotvoß grade hierherkommen? Der Waldstreifen ist über zwanzig Kilometer lang. Sie binden die Äste schön an den Stamm, und dann essen sie ihr Brot, und dann laden sie den Baum auf, und dann laufen sie weiter zum Meer.

Zum Meer muß man doch, wenn man ein Küstenmensch ist, selbst mit solchem Baum. Anderes Meer haben sie näher am Hof, aber das sind nur Bodden und Wieks. Dies hier ist richtiges Außenmeer, hier kommen die Wellen von weit, weit her, von Finnland oder von Schweden oder auch von Dänemark. Richtige Wellen …

Also sie laufen aus dem Wald über die Dünen.

Und nun stehen sie still.

Nein, das ist nicht mehr die Brandung allein, das ist ein seltsamer Laut, ein wehklagendes Schreien, ein endloses Flehen, tausendstimmig. Was ist es? Sie stehen und lauschen.

»Jung, Manning, das sind Gespenster!«

»Das sind die Ertrunkenen, die man nicht begraben hat.«

»Kommt, schnell nach Haus!«

Und darüber heult die Nebelsirene.

Seht, es sind kleine Menschentiere, Bauernkinder, voll von Spuk und Aberglauben, zu Hause wird noch besprochen, da wird gehext und blau gefärbt. Aber sie sind kleine Menschen, sie laden ihren Baum wieder auf und waten durch den Dünensand dem klagenden Geschrei entgegen, bis sie auf der letzten Höhe stehen, und –

Und was sie sehen, ist ein Stück Strand, ein Stück Meer. Hier über dem Wasser weht es ein wenig, der Nebel zieht in Fetzen, schließt sich, öffnet den Ausblick. Und sie sehen die Wellen, grüngrau, wie sie umstürzen, weißschäumend draußen auf der äußersten Sandbank, näher tobend, brausend. Und sie sehen den Strand, mit Blöcken besät, und dazwischen lebt es, dazwischen schreit es, dazwischen watschelt es in Scharen …

»Die Wildgänse!« sagen die Kinder. »Die Wildgänse –!«

Sie haben nur davon gehört, sie haben es noch nie gesehen, aber nun sehen sie es. Das sind die Gänsescharen, die zum offenen Wasser ziehen, die hier an der Küste Station machen, eine

Nacht oder drei, um dann weiterzuziehen, nach Polen oder wer
weiß wohin, Vater weiß es auch nicht. Da sind sie, die großen,
wilden Vögel, und sie schreien, und das Meer ist da und der
Wind und der Nebel, und der Leuchtturm von Arkona heult,
und die Kinder stehen da mit ihrem gemausten Tannenbaum
und starren und lauschen und trinken es in sich ein –

Und plötzlich sehen sie noch etwas, und magisch verführt,
gehen sie dem Wunder näher. Abseits, zwischen den hohen
Steinblöcken, da steht ein Baum, eine Fichte wie die ihre, nur
viel, viel höher, und sie ist besteckt mit Lichtern, und die Lichter flackern im leichten Windzug …

»Lüttenweihnacht«, flüstern die Kinder. »Lüttenweihnachten für die Wildgänse ...«

Immer näher kommen sie, leise gehen sie, auf den Zehen – oh, dieses Wunder! – und um den Felsblock biegen sie. Da ist der Baum vor ihnen in all seiner Pracht, und neben ihm steht ein Mann, die Büchse über der Schulter, ein roter Vollbart ...

»Ihr Schweinekerls!« sagte der Förster, als er die drei mit der Fichte sieht.

Und dann schweigt er. Und auch die Kinder sagen nichts. Sie stehen und starren. Es sind kleine Bauerngesichter, sommersprossig, selbst jetzt im Winter, mit derben Nasen und einem festen Kinn, es sind Augen, die was in sich 'reinsehen. Immerhin, denkt der Förster, haben sie mich auch erwischt beim Lüttenweihnachten. Und der Pastor sagt, es sind Heidentücken. Aber was soll man denn machen, wenn die Gänse so schreien und der Nebel so dick ist, und die Welt so eng und so weit, Weihnachten vor der Tür ... Was soll man da machen ...?

Man soll einen Vertrag machen auf ewiges Stillschweigen, und die Kinder wissen ja nun, daß der gefürchtete Rotvoß nicht so schlimm ist, wie sich die Leute erzählen ...

Ja, da stehen sie nun: ein Mann, zwei Jungen, ein Mädel. Die Kerzen flackern am Baum, und ab und zu geht auch eine aus. Die Gänse schreien, und das Meer braust und rauscht. Die Sirene heult. Da stehen sie, es ist eine Art Versöhnungsfest, sogar auf die Tiere erstreckt, es ist Lüttenweihnachten. Man kann es feiern wo man will, am Strande auch, und die Kinder werden es nachher in ihres Vaters Stall noch einmal feiern.

Und schließlich kann man hingehen und danach handeln. Die Kinder sind imstande und bringen es fertig, die Tiere nicht unnötig zu quälen und ein bißchen nett zu ihnen zu sein. Zuzutrauen ist ihnen das.

Das ganze aber heißt Lüttenweihnachten und ist ein verbotenes Fest, der Lehrer Beckmann wird es ihnen morgen schon zeigen!

Ein großbürgerliches Festessen

In Hamburg, am Feenteich, gab es den Karpfen, weil es eben Tradition war, einen schönen blauen fetten Karpfen am Heiligen Abend auf den Tisch zu haben und sicher auch, weil er mit den Kartoffeln und der Buttersauce so gut schmeckte. Nicht unbedingt mehr, weil der Advent Fastenzeit ist, die erst am Heiligen Abend endet: Bei Bauern und Bürgern mit einem Salzhering oder mit einem köstlichen Heringssalat, bei wohlhabenden Patriziern mit dem besten Fastenfisch, den die Mönche des Mittelalters sich in ihren Karpfenteichen gezüchtet hatten.

Der Plumpudding ist ebenfalls ein Zeichen für die gemeinsame Lebensart der Küsten- und Hansestädte. Er kommt aus England und ist über die Hansekontore in London und anderen Hafenstädten auf die Weihnachtstische der Kaufleute jenseits des Kanals geraten. Ursprünglich war der Plumpudding wirklich ein Pflaumenkuchen, also eine Art Auflauf mit Backpflaumen, doch allmählich sind die plums durch Rosinen und Korinthen, Mandeln und Sukkade ersetzt worden. In großen Haushalten haben die Köchinnen zwölf Plumcakes – einen für jeden Monat – in Servietten geknotet und stundenlang im Wasser gekocht, bis der fett-, gewürz- und eierreiche Teig dunkelbraun wurde – und man kaum mehr als einen Löffel voll – mit der klassischen Brandybutter – davon genießen konnte.

Joachim Maass

Das Weihnachtsmahl

Nachmittags saß die Familie im Frühstückszimmer zu Tisch, die Eltern an den Schmalseiten, Jakob und Borbe nebeneinander an der einen Längsseite und Groggi ihnen gegenüber. Die Vorhänge waren zu und die brennende Lampe heruntergezogen, im Ofen glühte die Feuerschlacke hinter dem Marienglas, im Flur hörten sie den Speiseaufzug ruckweis hochgezogen werden, und Minna kam mit dem Tablett voll dampfender Tassen herein. Sie stellte vor jeden eine, das zarte weißgoldene Gefäß klirrte auf der Untertasse leise vom Zittern ihrer Hand, und die Bouillon glänzte goldig mit glitzernden Fettaugen. Sie pusteten, daß die glimmernde Goldfläche Wellchen warf und der Dampf dünn unter die Lampe wehte, die Mutter aß sorglich mit dem Teelöffel, doch der Vater, dessen großer Diamant auf dem kleinen Finger blitzte, hob die Tasse, blies und trank in kurzen Schlucken.

»Mama«, sagte Jakob und sah sie strahlend an, »Großpapa hat jedem von uns drei Mark geschenkt.« Groggi sagte: »Na, dann kauft mir man ordentlich was für heute abend.«

Die Tassen wurden abgestellt, und der Weihnachtskarpfen wurde aufgetragen, da lagen die großen taubenblauen Fische mit zartgerollten weißen Lippen ums traurige Maul und sturen weißen Glotzaugen flach auf der Porzellanschüssel und dampften unter die Lampe. Die Mutter legte Borbe vor, sie hob und zog achtsam die schuppige Haut von dem fetten Fleisch und faßte mit Fischmesser und -gabel die großen gekrümmten Gräten und schüttelte sie in den Abfallteller, sie schöpfte von der goldenen, weiß durchsahnten und salzüberschäumten Butter auf die Kartoffeln und klackte ein Berglein feinfädiger Meerrettichschlagsahne dazu, sie schob Borbe den Teller hin und sagte: »Iß aber vorsichtig, Kind, daß du keine Gräte verschluckst.«

Der Vater aß schon mit arbeitenden Muskeln in den Schläfen, die Serviettenecke im Kragen, wie es seine Gewohnheit war, er

62

hob kauend die Flasche und schenkte in alle Gläser von dem Rheinwein, er zog die Serviette aus dem Kragen, noch kauend stand er auf, ging zur Mutter und beugte sich über sie, die Mutter hielt das stille schöne Gesicht schräg hoch, sie sahen sich an, die Mutter klopfte mit einem Lächeln seine Wangen, und der Vater küßte sie auf den Mund. Die drei Brüder hatten mit einem erwartungsvollen Lächeln ihre Gesichter hingewandt, auch Groggi, sie hielten die halbvollen Gläser in der Hand.

»Also Kinder«, sagte der Vater vergnügt und hob sein Glas, »geschenkt kriegt ihr ja nichts, aber anstoßen können wir deshalb doch – prost!«

Er stieß zuerst mit der Mutter an, die Brüder drängten alle mit ihren Gläsern hinzu, um ebenfalls mit ihr anzustoßen, es war ein allgemeines feines Klirren und Klingen der Gläser, und der Vater saß wieder und aß, zog mit Daumen und Zeigefinger eine Gräte zwischen den Lippen hervor und zerdrückte die Kartoffeln in der geschmolzenen Butter, er strich auf die gefüllte Gabel etwas Meerrettichsahne und schob das Ganze in den Mund. In Borbe fieberte die Spannung des Festes, das Essen ging nun schon dem Ende zu, der Karpfen war verzehrt, Minna deckte stumm und klappernd ab.

Inzwischen war der Vater draußen beschäftigt, jetzt kam er herein und trug den großen dunklen Plumpudding mit einem bläulichen Geflamm brennenden Rums vor sich her. Er stellte den Pudding mitten auf den Tisch, die Lampe wurde hochgezogen und ausgedreht, und alle sahen in das feine geisterhafte Flackern, das kaum hörbar knisterte und zarte Schatten über ihre schauenden Gesichter spielen ließ. Dann teilte die Mutter auf, jedem eine dicke braune Scheibe mit Sukkadestückchen, schwarzen Korinthen und helleren tränigen Rosinen, manchmal flog ein blaues Flämmchen mit auf den Teller.

Sie aßen die hammelfettschwere, würzig-bittere Masse, und der Vater nahm dazwischen ab und zu einen Schluck Wein und rollte ihn im Munde, bevor er ihn hinunterschluckte und weiteraß. Er zog, sich in seinen Sessel zurücklehnend, die Weste über den Bauch hinunter. »Na«, sagte er, »über den gröbsten Hunger wären wir weg.«

Wie immer am Nachmittag des Heiligen Abend legten die

Brüder sich, Groggi allein, Borbe und Jakob in Borbes Bett. Zuerst flüsterten und wisperten sie noch, doch dann überließen
sie sich jeder seiner Erwartung, ihre Köpfe lagen still nebeneinander auf dem Kissen, und sie schauten vor sich hin in die
Ofenglut. Im Zimmer war es dunkel, zu der Müdigkeit der
schweren Sättigung kam das einschläfernde, leise knisternde
Treiben und Flacken des Feuers hinter der Rose, über Holzfuß-
boden, Möbel und Zimmerdecke spielte der matte rötliche
Flammenschein, und darin lag der Terrier Fox und schlief, den
Kopf schräg über den Vorderbeinen. Draußen hörten sie noch

die Eltern flüstern und in den Keller hinabsteigen, und darüber fielen ihnen die Augen zu.

Als Minna sie weckte, trieb sie mächtig das Bewußtsein an, daß es jetzt nicht mehr lange dauern und dann soweit sein würde. Sie zogen sich voll fiebernden Eifers an, Borbe durch allerhand kleine Hantierungen von Jakob unterstützt, sie stiegen emsig in den Keller hinab, Groggi gesellte sich zu ihnen, und nun warteten sie alle in der großen Kachelküche, auch Minna stand im schwarzen Kleid und Spitzenschürzchen dabei, nur die Köchin rumorte noch in ihrer Stube. Doch als es dann endlich in all ihre Spannung und Erregung dreimal lang und scharf hineinklingelte und nach einer Sekunde schweigenden Aufhorchens die drei Brüder zur Treppe eilten, Groggi voran, dann Jakob und an seiner Hand Borbe, da flog auch ihre Tür auf, und sie folgte mit Minna dem stürmischen Zug.

Sie hasteten bis zum oberen Flur, hier sahen sie die Frühstückszimmertür offen und den flackernden Kerzenglanz darin stehen, es war, als hemmte sie die plötzliche Verwirklichung ihrer langen Sehnsucht; die Gesichter goldig angestrahlt, gingen sie langsam auf den bewegten Glanz zu und standen in der Tür und starrten in die vielen brennenden Kerzen, die sich in ihren Augen spiegelten ...

 *Heinrich Heimreich*

Die Weihnachtsflut 1717

Gleich wie aber zum öftern um der Menschen Sünde willen, ungewöhnlich hohe Wasserfluthen über die Marschländer ergangen sind: also hat der gerechte Gott dieselbigen vor etlichen Jahren mit überaus hohen Wasser- und Sündfluthen heimgesucht. Denn erstlich ist A. 1717 in der heil. Christnacht eine ganz hohe Fluth unvermuthet ergangen, hat weit um sich gerissen und viele Länder nicht nur an der See, sondern auch auf dem festen Lande betroffen. Und auch wir an diesen Örtern haben es, da mans am wenigsten besorgte und vermuthen war, wohl erfahren. Weil ich nun bin aufm Mohr geboren, erzogen, meinem sel. Vater vor 40 Jahren succediret, viele Fluthen erlebet habe, und in dieser Fluth der größten Gefahr mit exponiret gewesen bin, will Bericht davon ertheilen, und den Anfang von dieser und andern unbedeichten Inseln machen.

Tages vorher vor dem heil. Christfest fiel ein großer Platzregen (welcher anhub um 9 Uhr Vormittags und anhielt bis 2 Uhr Nachmittags) mit einem ganz heftigen Winde von Südosten, nach dem Süden und Südwesten gehend. Wie aber der Wind nach dem Südwesten gegangen war, verminderte sich der Wind und hörte auch mit Regen auf gegen Abend. Ob nun gleich der Wind nach dem Westen ging, auf Abend um 8 Uhr härter zu kühlen anfing, und nachgehends ganz stark vom Nordwesten zu stürmen, befürchtete man sich doch keiner so hohen Wasserfluth, sonderlich, weil es sonst wohl so hart gewehet, und doch keine recht hohe Fluth ergangen, das Wasser auch mit der Abendzeit nicht hoch gelaufen war, sondern nur das niedrigste Feld unter Wasser stunde, und um 10 Uhr durch die Ebbe schon viel abgelaufen war, weil wir auch Quartier-Mond und das letzte Viertel hatten, da gewöhnlich das Wasser sich nicht so viel pfleget zu erhöhen, als beym neuen und vollen Mond. Allein der allwaltende Gott ließe uns hier sehen, dass er an keine Zeit verbunden, sondern dass die Winde, welche er auch zum Theil zur Rache erschaffen hat, wenns ihm beliebig ist, seinen Zorn ausrichten müssen, sintemal das von ihm ausgelassene Wasser, welches in der Nacht fast bis 2 Uhr ebben oder gewöhnlich ablaufen würde, mit solcher Geschwindigkeit, als niemalen erlebet hatte, wiederkehrte, und da es damals hieselbst bis 8 Uhr fluthen sollte, das Feld schon vor 3 Uhr ganz überschwemmet hatte.

Dem barmherzigen, grundgütigen Gott, der uns diese Fluth so frühzeitig lassen inne werden, unser Leben darinnen vom Verderben errettete, und gnädigst erhalten hat, können wir für solche uns widerfahrende Güte lebenszeit nicht sattsam danken. Denn, wenn wir in harten Schlaf verfallen gewesen, eine halbe Stunde nur länger geruhet, wäre keine Errettung für uns gewesen und dieses, weil wir keine Fluth und Wasser so frühzeitig vermuthen waren, hätte leicht geschehen können, wenn nicht Gott für uns gesorget, und unsere einzige Tochter, ein Mägdlein damaln von 17 Jahren ganz unruhig gewesen, und schon vor Mitternacht voller Angst und Bangigkeit erwachend lamentirte und sagte: Ach, Mutter, Mutter, wie wehet es so stark, diese Nacht vertrinken wir, und ob meine Frau sie gleich zufrieden sprach: Es hätte wills Gott keine Noth, sie sollte sich nur wieder zur Ruhe begeben, und schlafen und uns auch lassen ruhen, damit, weil morgen das heil. Christfest wäre, wir selbiges mit desto munteren Herzen und Gemüthe in Freuden feierlich begehen könnten, schlief sie zwar ein wenig, aber bald erwachte sie wieder und wiederholte die vorige klägliche Rede, welches in 2 Stunden wohl 5, 6 Mal geschah, weswegen um vorerwähnte Zeit ich aufstand, um zu sehen, woher der so starke Wind bliese. Da denn mit Bestürzung sah, dass das höchste Feld schon unter Wasser sich befand.

Wie wir nun alsbald uns ankleideten, und nach verrichtetem Morgen- und Bußgebet wie auch Gesängen, mit einigen von unsern Mobilien nach dem Boden zu bringen uns beschäftigten, und inzwischen die Meereswellen im Hause, welches inwendig mehr als 1 Fuß niedriger als draußen war, einzuschlagen begannen, wurden wir genöthiget, alles stehen und liegen zu lassen, und unser Leben wo möglich zu salviren, weswegen wir durch das im Hause schon eingespülte Wasser müssen waten, mit nassen Strümpfen, mitdem, welches wir in höchster Eilfertigkeit mitnehmen konnten, nach dem Boden ausretiriren und das meiste den grausamen Wellen überlassen, welche denn bald darauf die äußern und innern Wände im Pastorat einschlugen und niederwarfen und sich in kurzer Frist bis unter den Boden erhöhten, also dass die brausenden Wasserwogen bey 4 Ellen hoch als eine offenbare See durchs Haus gingen, den Auskeb an der Norderseite mit Rem, Ständer, Dach, Latten und Sparren weggerissen, und auf uns zu schlugen; da denn unser Vieh, als 2 Kühe und 13 Schaafe etc. nicht ohne großes Gebrüll und Blöken vor unsern Augen ersoffen, Bett und Bettgewand, Kleider, Leinenzeug, Kisten und Laden, Tische und Schränke nebst anderm Hausgeräth und meiner Bibliothek aus 3 bis 400 Büchern bestehend, wegschwemmten, auch an Gold und Silber bey 200 mkl werth verlor, das Kupfer-, Messing- und Zinngeräth mit großem Geräusch niederfiel, und das Haus sich dabey sehr bewegte, dass wir daher den Tod vor Augen sahen und ja recht nur ein Schritt zwischen uns und dem Tode sich befand.

Gleichfalls ward die Kirche sehr übel zugerichtet und ganz ruinirt, indem die Kirchenwände, welche nach schlechter Gelegenheit des Landes aus Brettern bestanden, losgerissen wurden, und also Kanzel, Altar, alle Stühle und Fenster sammt allen Kirchenornamenten durch des Meeres Wellen weggenommen sind. Gleicher Unfall betraf auch meine Kirchspielskinder (welche Gemeine nur aus 20 Häusern bestand) indem ihre Häuser, außer 1 oder 2, gleich dem Pastorathause und der Kirche sehr übel verwüstet, ganz durchlöchert und auf Stendern, öde stehen blieben, dadurch die meisten ebenfalls ihr Hausgeräthe mancherlei Art, wie auch Vieh verloren, also dass in dieser kleinen Gemeine 500 Schaafe und 30 Kühe ertrunken sind; 3 Häuser sind mit Menschen, Vieh und allem darin sich befindlichen niedergeschlagen, weggeschwemmet, und also 16 Personen erbärmlich umgekommen sind; 5 Personen kamen mit einer eichen Kiste, hielten sich an einem Balken des Schaafstalles, so etwas höher war aufgebauet, standen auf der Kiste, hielten sich an einem Balken des Stalles und sind also durch Gottes Gnade erhalten; 4 Personen, da sie sich im Hause nicht betrauten, stiegen auf das Dach ihres Schaafstalles, saßen da im Regen, Wind und Wetter und salvirten ihr Leben.

Weiln nun das Pastorathaus und die Kirche so sehr ruinirt war, die Mauern allesammt übern Haufen geworfen lagen, alle Thüren, Bettstellen und was von Holz und Bretter abgerissen und weggetrieben, dass wo die Stuben, Küche und Ställe gewesen nicht zu unterscheiden, sondern nur auf den Stendern, deren ein Paar schon weggegangen, etliche loß geworden, standen, und das Haus nach der Süderseite zum Fall sich sehr geneigt hatte, auch in den andern Häusern es nicht besser, sondern allenthalben ein erbärmlicher Zustand sich befand, und der Obertheil oder Werk von 2 Häusern bald nach der Fluth am heil. Christtage niederschoss, die Back- und Kachelöfen alle niedergeschlagen lagen, die Söde und Brunnen alle voll salzes Wasser standen, und ich daher sammt den Meinigen hieselbst nicht subsistiren, aber auch wegen Sturmwetter von hier nicht weg kommen konnte, habe ich, meine Frau und Tochter 8 Tage auf dem Heuboden in Kälte, Wind und Wetter müssen aushalten, sind aus den Kleidern nicht gekommen, hatten fast nichts zu essen und zu trinken, weil Brod und Bier, Butter, Wein und Brantewein nebst Gewürz, Grüz, Weizenmehl, Sauer und Pökelfleisch, womit wir uns nach Nothdurft auf den Winter proviantiret hatten, und im Keller, Speisekammer und Schappen verwahret wurden, weggeschwemmet war, und wegen Consternation und Eilfertigkeit uns nicht einfiel von dem ersten etwas mit uns zu nehmen, doch empfingen wir am andern Feiertage etwas Bier und auch ein Brod, damit wir uns haben behelfen müssen, bis wir uns nach Husum den Tag vor Neujahr begeben.

Georg Wenzel

Julklapp und Fahnenkönig

Heiligabend! Mit Sang und unter Glockenklang zogen wir Weihnachtssänger, Fackeln in Händen, unter Anführung des Lehrers durch das Dorf. Die Dorfbewohner schlossen sich mit ihren Laternen dem singenden und leuchtenden Zuge an. Die Englein schauten durch die Sternfenster, und der Mond steckte tausend Lichtlein auf den Schnee. – Nun standen wir vor verschlossener Schulstube, darin die heitere Lehrerfrau den Weihnachtsmann spielte. Dann entspann sich zwischen Lehrer und seiner Frau ein Telephongespräch. »Wer dort?« »Lehrer und Kinder.« »Und dort?« »Der Weihnachtsmann.« »Ich und die Kinder bitten den Weihnachtsmann recht schön, uns hineinzulassen.« »Sind die Kinder auch alle hübsch brav gewesen?« »Alle.« – »Na, na! Hier auf dem Bogen, den mir der heilige Petrus mitgegeben, sind verschiedene Übeltaten der Jungen vermerkt. So sind sie z. B. an einem Sonntag auf das tief herabhängende Dach des Herrn von Ohnesorge geklettert, haben eine Rutschpartie gemacht, sich die Hosen und Herrn von Ohnesorge das Dach zerrissen. Weiter: Drei Jungen sind dem Nachtwächter, während er schlief, in seinem Eierpflaumenbaum gewesen« usw. Schließlich versprach der Lehrer in unserm Namen Besserung und die mit Tannengrün geschmückte Schulstube mit einem herrlichen Lichterbaum öffnete sich uns. Nun wechselten Gesang, Geigenspiel und die spaßige Verlosung ab. »Nummer 20!« »Marie Boldt.« »Gewinnt eine bunte Schürze.« »Die kann sie schön gebrauchen, Herr Bergmann« (so hieß der Lehrer), meinte die Mutter. »Ich bin auch für das Nützliche«, lachte der Lehrer, »meine Frau wird mir ein Paar wollene Handschuhe schenken.« »Nummer 94!« »Heinrich Kohlhas.« »Gewinnt vier dicke Zuckerpuppen.« »Dei schenk ik mien Swester«, beschwichtigt der die Lacher. Mine Niemann gewinnt einen stolzen Gutshof, und der lange Heinrich die Trommel.

Nun kam das Hauptereignis dieses Abends. Christian, der

Kuhhirte vom Uhlenhof, hielt eine Fahne in Gnittergold hoch.
Wer die Stange bekam, war König. Wie ein Fels in wütender See
wurde er von uns Jungen umbrandet. Wir kletterten an ihm
empor; er schüttelte uns wie Fliegen ab. Zappelnde Arme,
Beine, Köpfe und Leiber umwogten ihn; er schob sie von sich,
und breitbeinig und lachend stand er wie ein alter Germanen-
fürst da. Jetzt hängen drei, dann vier, dann fünf Jungen an seinem Arm. Der Arm sinkt, doch noch können sie die Stange
nicht langen. Da hängt sich ein sechster dran, Fahne und Arm
verschwinden im Knäuel der Blond- und Schwarzköpfe. »Ut

ist«, fiebert ein kleiner Junge. »Noch lang' nich«, ruft lachend Christian und schwingt mit seinem anderen Arm die Fahne. Schließlich gibt er gutmütig nach. Heinrich Lindemann ist der Fahnenkönig.

Fortsetzung der Feier im Elternhaus, im Uhlenhof. Die erste Gänsebrust wurde angeschnitten. Herr und Gesinde aßen und feierten gemeinsam. Dann verkleidete sich unser Christian als Weihnachtsmann. Diese Scene spielte sich zwischen ihm und uns Kindern so ab: Er: »Singt mal: O du fröhliche.« Wir sangen. Dann: »Worüm fiern wi Wihnachten« – »Das Christkind ist geboren.« – »Vertellt de Geschicht.« Unsere Ida fing an, wir Brüder mußten fortfahren. Christian scharrte dauernd mit seinem Krückstock auf dem Fußboden. Das bedeutete »gut«. Mein Bruder lachte einmal darüber, da hieb er mit dem Stock durch die Luft, das bedeutete »ungenügend«. Er wandte sich an mich. »Wat wist du ward'n?« »Amtmann.« »Hm, hm!« das lautete zweifelhaft. »Und du?« sprach er meinen kleinen Bruder Hermann an: »Scheper.« »Gaut.« Seine Augen schossen Feuerbündel. Er war stolz auf seinen Stand als Hirte. »Unser Herr Christus wer ok ein Scheper. Singt: Ihr, Kinderlein.« Nun fragte er den kleinen Bruder, wie der erste Jünger geheißen hätte. Er fand den Namen nicht gleich und platzte in leidenschaftlicher Erregung heraus: »Frag uns' Mudder, Wihnachtsmann! Sei weit all's!« Die gute Mutter war wie immer Retter in der Not, und Christian holte aus seinem Sack die von ihm geschnitzten Vögel, Kühe, Wägelchen hervor.

Christian warf auch die Julklappen bei uns. An einem Weihnachtsabend trug er etwas Langes, mit Tüchern, Säcken und Schnüren umwickelt, auf seinen Armen in die Stube hinein. Auf einer Seite zeigte das hohe Paket, das aufrecht dastand, ein großes Plakat mit der Aufschrift: Julklapp für August. August war mein ältester Bruder, der, so schien es, Lina, des frohen Jägers Tochter, unglücklich liebte. Mein Bruder wickelte und wickelte, knotete auf und löste. Die Erwartung war groß. Es bewegte sich, etwas Lebendiges mußte es sein. Da sprang endlich in ihrer Lebensfülle seine Lina aus der letzten Hülle heraus und fiel ihm um den Hals und küßte, küßte ihn wieder und wieder. Sie war die »lebennige« Julklapp gewesen. Hinterher erschienen ihre Eltern. Linas Mutter hatte den Wert meines Bruders erkannt, war versöhnlicher geworden, und nun wurde die Verlobung unter dem Lichterbaum gefeiert. – Der zarte Weihnachtsgeruch der Wachskerzen durchzog die Stube, dazu kam der Duft vom Weihnachtspunsch und -baum. Wir alle waren glückselig. Kein Herz, das nicht jauchzte, kein Mund, der nicht jubelte.

Da kam plötzlich von draußen her durch die Wand des Hauses und durch seine Fenster ein Lied auf uns zu. Es war das Lied, dessen Text und Melodie vor hundert und etlichen Jahren dem Gott-Vater aus den Händen entglitten und von einer gütigen Wolke auf die Erde geführt war. Das hehrste und lieblichste Weihnachtslied:

»Stille Nacht, heilige Nacht!«

Unser Christian war während des Trubels heimlich hinausgegangen, hatte seine Ziehharmonika geholt und spielte das Lied vor den Fenstern unseres Hauses. Selig und leise summten es die Menschen in der Stube mit. Unsere Mutter stand zwischen ihren Jungen und streichelte ihre Blondköpfe.

»Stille Nacht, heilige Nacht!«

 # Brautbriefe aus Bremen

Paula Becker an ihren Bräutigam Otto Modersohn

Bremen, den 23. Dezember 1900
Die Familie ist wieder um mich versammelt und es ist Vorweihnachtsstimmung. Jetzt wird gerade beraten, was sie mir schenken wollen. Ich sage aber, ich habe schon alles von meinem Mann. – Und dann wollen sie mir wieder meinen Brief diktieren, sind überhaupt ein wenig toll. Kurt freut sich aufs Fest wie ein Junge, und wir singen Weihnachtslieder die Fülle. Und Du, Lieber? Bist du gut und brav zu Hause? Geh nur oft in Deinen Dom zum heiligen Christofferus und laß dessen goldene Blätter über Dir rieseln! Und dann denkst Du dabei an mich und ich an Dich. (...) Es ist Nacht. Und alles schläft außer den Eltern. Mir fallen auch die Augen zu. Ich mußte Dich nur noch einmal schnell besuchen.

Den 24. Dezember
Du, es ist noch Weihnachtsabend oder schon Weihnachtsmorgen. Es riecht nach Tannen und Kerzenbrand, und vor mir stehen leere grüne Römer. Auf meinem Weihnachtstisch ist mein fünfarmiger Leuchter fast niedergebrannt. Sein flackerndes Licht fleugt noch über tausend liebliche Dinge. Viele drollige Sachen für unser Heim, einen wunderbaren alten Spiegel. Daneben kreucht mein Nerztier, das ich mir, Lieber, um den Hals kriechen lasse. Dann liegt auf meinem Tische ein Wolkenträumlein von einem Brautunterrock ...

Den 25. Dezember
Alle hier sind beflügelt von einer Festfreude, und der innere Sonnenschein, den ein jeder in sich trägt, der macht goldene Brücken. Ich wärme mich an diesem Stück Christentum und

nehme es entgegen wie ein Märlein. Und dann, weißt Du, ist es solch ein Fest für Frauen, denn diese Mutterbotschaft lebt ja immer noch weiter in jedem Weibe, das ist alles so heilig. Das ist ein Mysterium, das für mich tief und undurchdringlich und zart und allumfassend ist. Ich beuge mich ihm, wo ich ihm begegne. Ich knie davor in Demut. Das und der Tod, das ist meine Religion, weil ich sie nicht fassen kann. Das muß Dich nicht betrüben, Du mußt es lieben, Lieber. Denn das sind ja doch die größten Dinge dieser Erde. (…)

Nebenan singt M. Liebeslieder. Und meine Seele wiegt sich sanft in diesen Tönen. Das Leben ist leise und lind für mich und lächelt mich an aus traumverschleierten Augen. Und ich küsse sie und habe sie lieb. Kurt sagt: »Vier Seiten schreibst Du ihm?« – Ich mache ihm schnell eine lange Nase und sage ihm: »Ja!« Ja, Lieber, und nun muß ich zu Bett und küsse Dich tausendmal.

 Die Weihnachtsgeschenke

Das waren eigentlich die Gaben, die der heilige Martin und der heilige Nikolaus, Lucia und andere Heilige zu verschiedenen Zeiten vor Weihnachten den braven Kindern brachten. Den Reformatoren um Martin Luther war dieser Mummenschanz ein Dorn im Auge, weil sie hinter den frommen Kalenderheiligen der Katholiken auch noch die heidnischen Vorbilder witterten. So erfand Martin Luther die Kinderbescherung am Heiligen Abend. Weg also mit den Nebendarstellern, volles Licht auf den Helden der Geschichte in der Krippe. War dieses protestantische Weihnachtsfest nicht viel schöner und familienfreundlicher als das katholische? Konnte man damit nicht allen Kindern vor Augen führen, wie segensreich und erstrebenswert die Reformation war?

Die Idee ist jedoch so gut gewesen, dass sie sehr bald schon allen gefiel und die Urform des Familienfestes unter dem Weihnachtsbaum geworden ist. Aus den Belobungsgaben – die eigentlich an die Geschenke der Heiligen Drei Könige ans Jesuskind erinnern sollen – wurden persönliche Geschenke.

Im 19. Jahrhundert freilich, das mit den Folgen einer anderen Reformation, nämlich der Französischen Revolution, und mit der bitteren Armut der Napoleonischen Kriege und Besatzungszeiten begann, erwachte besonders in den immer schon freien Hansestädten ein starkes Gefühl bürgerlicher Verantwortung. Handwerker stifteten Spitäler, Frauen wie Elise Averdieck, als zweitälteste von zwölf Geschwistern in einer wohlhabenden Kaufmannsfamilie um 1800 geboren, wurde Diakonisse und gründete in Hamburg eine Jungenschule, ein Kinderkrankenhaus, eine Schwesternschule und schrieb außerdem zahlreiche Kinderbücher.

In »Karl und Marie« schilderte sie eine Familie, wie sie in ihrem Sinne sein sollte: liebevoll zueinander, großzügig anderen gegenüber. Den Kindern wird also ihre Freude an den Geschenken gegönnt, sie sollen aber stets der anderen gedenken, die nicht so glücklich sind wie sie, und ihnen tatkräftig helfen. Verzicht und Wohltätigkeit aus christlicher Gesinnung – das hatte eine Tradition, die so alt ist wie das Abendland.

Dies ist das Weihnachtsfest bei Karl und Marie:

Elise Averdieck

Die Weihnachtszeit

Die Kinder müssen nun alle Tage im Zimmer bleiben, aber sie sind doch sehr fröhlich und haben einander gar viel zu erzählen. Abends, wenn die kleine Elisabeth zu Bette ist, dann erzählt ihnen die Mutter immer etwas von der Weihnachtsgeschichte, und sie lernen und singen viel Weihnachtslieder. Jeden Abend kommt ein neues Bild an die Tapete, und die Kinder wissen es schon, wenn alle vierundzwanzig Bilder an der Tapete hängen, dann ist Weihnachten da. Da sehen sie auf den Bildern das Christkindlein, wie es ganz klein ist und in der

Krippe liegt, und den Engel Gabriel, den der liebe Gott zu der Jungfrau Maria schickt, um ihr zu sagen, daß sie einen Sohn haben solle – und Joseph und Maria – und Zacharias und Elisabeth – und die Stadt Bethlehem – und die große Königsstadt Jerusalem – und die Weisen, die aus dem Morgenlande kommen, das Kindlein anzubeten und die frommen Hirten – und wie Joseph und Maria mit dem heiligen Kinde nach Ägypten flüchten, und noch viel, viel mehr schöne Dinge sehen sie auf den Bildern. Morgens stricken Charlotte und Marie viel fleißiger als sonst, denn die großen Strümpfe, daran sie stricken, sollen noch fertig werden bis Weihnachten; die soll der liebe Papa geschenkt bekommen. Karl lernt ein Lied aus dem Fabelbuch, ein ganz langes. Jeden Tag lernt er vier Reihen, damit er zur rechten Zeit damit fertig werde. Auch Vetter Adolf sitzt oftmals des Abends, wenn der Papa noch schreibt, in seinem Zimmer und zeichnet an einem großen Bilde, was er Mariens Eltern zu Weihnachten schenken will. Aber mehr als alle hat die liebe Mama zu tun, die näht und packt und kramt und geht aus und wenn sie wieder nach Hause kommt, dürfen die Kinder niemals sehen, was sie gekauft hat. An den letzten drei Abenden vor Weihnachten ist aber die noch größte Freude; da werden alle Spielsachen zusammengeholt und nachgesehen, was davon an die Armen verschenkt werden soll. Marie bringt ihre Puppe, Karl viele Soldaten, Elisabeth eine kleine Küche, Lottchen ein Nähkästchen. Außerdem finden sich noch Kegel, kleine Reiter, vielerlei Bilder und mancherlei kleine Spielereien, mit denen Kinder erfreut werden können. Manches ist schadhaft, das wird noch ausgebessert: genäht, geklebt, genagelt, gemalt, wie es gerade nottut. Man bringt noch möglichst viele alte Kleidungsstücke dazu. Als nun alles beieinander ist, da finden sich genug Sachen, um sechs arme Kinder zu beschenken. Am Abend vor Weihnachten wird alles in einer kleinen Stube neben dem großen Saale aufgeziert. Die Sparbüchsen der Kleinen müssen auch noch manchen Schilling hergeben; dafür werden Rüben, Wurzeln, Reis und Pflaumen gekauft, und Vetter Adolf schenkt noch einen großen Taler, um für jedes Kind zwei Pfund Fleisch zu kaufen, was sie am Weihnachtstage mit ihren Eltern und Geschwistern verzehren sollen. Da werden denn die Tische der Armen ganz voll guter Dinge, und Karl meint:»Ich möchte wohl ein armes Kind sein, wenn ich so schöne Sachen zu Weihnachten haben soll!«–Zuletzt werden noch viele Netze und Ketten und Blumen geschnitten von ganz dünnem farbigem oder auch von stärkerem Gold- und Silberpapier, Nüsse, Eier, Äpfel und Kartoffeln werden mit Gold- oder Silberschaum überklebt; und die Kleider und Finger und Gesichter der Kinder haben alle ein bißchen abbekommen von dem glänzenden Schmuck, und Mariechen bittet:»Wasch' es nicht ab, Mama, wasch' es nicht ab, das sind lauter kleine Weihnachtssterne!«

Am 24. Dezember früh sechs Uhr kann kein Kind mehr schlafen. Erst flüstern Karl und Marie ein Weilchen miteinander. Als es aber im Nebenzimmer noch immer ruhig bleibt, obgleich Lisbethchen schon erzählt:»Dede und dada und Papa und Mama und Lili«, da steigen beide aus den Betten, ziehen ihre Pantoffeln an, laufen zu Papa und Mama in die Schlafstube und rufen:»Weihnachten ist da!«Papa meint: sie irren sich, und Mama will es auch gar nicht glauben; aber es hilft nichts; Karl und Marie lassen ihnen keine Ruhe mehr, sie haben so viel zu erzählen und zu erinnern und zu bitten, daß die Eltern nur schnell aufstehen, sich ankleiden und die Kinder treiben, sich auch fertig zu machen, damit um sieben Uhr alle zur Morgenandacht versammelt seien.»Aber, Papa, heute betest du doch was von Weihnachten, nicht wahr?«fragt Karl.»Ja gewiß«, antwortet der Vater,»und wir singen dann alle ein Weihnachtslied dazu. Denkt nur nach, welches das schönste ist.«Die Kinder gehen, kleiden sich an und beraten sich dabei.»O du selige?« Nein das geht nicht, das muß am Abend gesungen werden. »Alle Jahre wieder kommt das Christuskind« – das ist gar zu kurz.»Wenn ich in Bethlehem wär', du Christuskind« – dabei müssen die Bilder sein, und die hat Mama schon alle in die Weihnachtsstube getragen.

Ach und nun will Trina den Karl waschen: nun kann er gar nicht sprechen. Und nun müssen sich die Kinder so sehr freuen, nun können sie gar nicht denken. – Ach, und nun klingelt der Papa schon, weil es sieben Uhr ist. Die Kinder laufen mit Lottchen hinunter und singen auf der Treppe, ohne es zu wissen und zu wollen:»Mir ist so froh, ich weiß nicht wie, möcht' immer jubeln und singen!« – »Das habt Ihr gut ausgewählt«, sagt Papa. Mama setzt sich ans Klavier und alle singen:

Mir ist so froh, ich weiß nicht wie,
Möcht' immer jubeln und singen,
Und wie eine süße Melodie
Hör' ich's im Herzen klingen.

Es flimmert mir vor den Augen klar,
Als schwirrten die Sterne hernieder,
Mir ist, als hört' ich der Engel Schar,
Der frommen Hirten Lieder.

O lieber, treuer Heiland mein,
Du hast mir den Jubel gegeben,
Weil Du geworden ein Kindlein klein
Im armen Erdenleben.

Du hast ja in diese Winternacht,
In dieses Stürmen und Toben,
So reichen Frühling hineingebracht
Vom lichten Himmel droben.

Du hast so leuchtende Freude heut'
Gestreut in unser Leben,
Mit vollen Händen weit und breit
Deine holden Gaben gegeben.

Und wo Du, lieber Heiland, bist,
Muß Licht und Freude blühen,
Und wo Deine treue Liebe ist,
Muß Weinen und Klagen fliehen.

Drum klopft mein Herz mir in der Brust,
Daß Du ein Kind geworden,
Und hast mit ewiger Liebeslust
Geschmückt den Kinderorden!

Darauf liest der Vater die Weihnachtsgeschichte aus dem zweiten Kapitel des Evangelisten Lucas, und alle danken zum Schluß dem lieben Heiland, daß er auf Erden gekommen ist, um uns selig zu machen.

Aber nun müssen die Kinder wieder hinauf und den ganzen Tag oben bei Trina bleiben. Unten wird geschurrt und geschoben und geklappert und geknittert, das klingt gar wunderlich. Um drei Uhr wird in der Kinderstube zu Mittag gegessen. Papa und Mama und die Kinder sehen so freundlich aus, sind gewiß recht gesund, aber keines ist recht hungrig, und wie Karl betet: »Komm, Herr Jesus, sei unser Gast!«, da meint er: »Das Christkind kommt eigentlich erst heute abend, wenn alle Lichter brennen, daher können wir auch gar nicht recht essen.« Elisabeth, die sonst bis vier Uhr schläft, hat heute schon um drei Uhr fertig geschlafen und sitzt ordentlich mit zu Tische. Als sie abgegessen haben, gehen die Eltern hinunter, und die Kinder waschen sich Hände und Gesicht, binden reine weiße Überzüge vor und – – warten.

Die Kinder singen viel Lieder, Trina erzählt mancherlei, und so vergeht die Zeit. Da geht die Tür. Alle Kinder springen auf; aber der Vater ist's noch nicht, wenigstens nicht der Vater, auf den die Kinder warten; es ist der alte Martin und Mutter Anna mit dem kleinen Peter. Dieser ist einer von den sechs Gästen, die sich die Kinder eingeladen haben. – Wieder geht die Tür. Noch nicht der Vater! Gesa ist es, die Tochter der Scheuerfrau, mit ihren beiden Brüdern, Hans und Adolf. Alle lauschen – dann geht was auf der Treppe! Ob es wohl der Vater ist? Nein, noch nicht, es sind die letzten beiden kleinen Gäste: Mathilde und Jette. Da schlägt es fünf Uhr! Und nun – – und nun – – unten geht die Tür, es kommt die Treppe herauf – – die Stubentüre wird aufgemacht und – – »Kommt, das Christkind ist da!« ruft der Vater. Alle eilen hinunter. Die Türe ist noch zu, aber durch die Ritzen und durchs Schlüsselloch da glitzert und strahlt es, daß man sich gar nicht denken kann, wie wunderhell!

Nun ordnet der Vater sie nach der Größe; die kleinsten der Kinder voran, die größern dahinter und zuletzt Martha, Trina, Martin und Anna. In der Stube spielt Mama: »O du selige, o du

fröhliche, freudenbringende Weihnachtszeit! Welt ging verloren, Christ ward geboren, freue dich, o Christenheit!« Alle stimmen schon draußen vor der Tür das schöne Weihnachtslied an, und während sie singen, macht der Vater langsam die Türe auf, daß sie hineinsehen und hineingehen können. Ach wie schön, wie schön ist's drin! Das ganze Zimmer ist von oben bis unten mit Tannenzweigen geschmückt, daß es aussieht, wie ein Platz mitten im Walde. Geradeaus, auf einem niedrigen Tischchen, steht eine allerliebste Hütte von Binsen und Schilf und Moos gemacht und mit Tannenzweigen besteckt. In der Mitte der Hütte steht eine Krippe; darin liegt das liebe Jesuskindlein und sieht gar hold und freundlich aus. Bei der Krippe kniet die Jungfrau Maria, Jesu Mutter, und hat die Hände gefaltet, als bete sie; bei ihr steht Joseph, der Zimmermann, und betet auch. Auf der andern Seite der Krippe knien zwei Hirten, und ein dritter steht hinter den beiden, und alle schauen auf das heilige

Kindlein und sehen dabei sehr fromm und selig aus. Vor der Krippe stehen Körbchen mit Blumen und Früchten, und ein paar Lämmchen liegen dabei. Das alles haben die Hirten für das Christkindlein zum Geschenk mitgebracht. Sonst sieht es aber in der Hütte gerade so aus wie in einem Stall. Da liegt Heu und Stroh umher; an der Wand hängen Nester mit brütenden Hühnern, es stehen und liegen da allerlei Gerätschaften, und aus einer zweiten Krippe, die weiter nach hinten steht, fressen zwei Kühe und ein Esel. Aber rund um die Hütte her da sieht es gar nicht aus, wie sonst um einen Stall. Am Eingange stehen zwei himmlische Engel mit lichten Flügeln, die schauen mit gefalteten Händen hin auf das heilige Kind. Und hoch über ihnen da strahlt ein Stern herab auf das Hüttlein, so groß und so leuchtend, daß man wohl sieht, er habe was Besonderes zu bedeuten. Die Tannenzweige, die das Zimmer schmücken, sind aber auch nicht kahl und dunkel. Darin hängen alle die bekannten Weihnachtsbilder, und eine zahllose Menge von goldenen Netzen und Ringelketten und Ringelstreifen und leuchtenden Glaskugeln und bunten Blumen. Alles ist so blendend hell, daß die Kinder es beinahe nicht in den Augen aushalten können, und doch sehen sie kein einziges Licht; sie können gar nicht begreifen, wo die Helligkeit eigentlich herkommt.

Wohl eine Stunde lang stehen alle vor der Hütte und können sich nicht satt sehen an dem lieblichen Bilde. Immer findet der eine dies, der andere das, was er bisher noch nicht gesehen hatte und nun den andern voll Freuden zeigt. Dazu spielt die liebe Mama alle Weihnachtslieder, eins nach dem andern. Nun verstehen die Kinder erst recht, was sie gelernt haben, und singen mit einer Lust wie nie zuvor.

Nun werden die sechs kleinen Gäste zu ihren Geschenken geführt, und ihnen wird gezeigt und alles erklärt, was die Kinder für sie bereitet haben. Die Freude dabei ist so groß, daß die Kinder die Geschenke, die sie selbst noch erwarten, ganz vergessen und es auch nicht merken, daß Papa sich fortgeschlichen hat. Mit einem Male fängt es im großen Saale an zu klingeln und zu trommeln. Die Türen werden aufgestoßen, und drinnen strahlt es noch heller als im kleinen Zimmer. Da steht ein großer Tannenbaum, wohl mit fünfzig brennenden Wachslichtern und ganz behängt mit goldenen und silbernen Äpfeln, Nüssen, Mandeln, Eiern und mancherlei Zuckerwerk. Rechts und links steht ein Tischchen bei dem andern, und alle sind mit Geschenken bedeckt. Für Vetter Adolf liegt da eine Schreibmappe, ein Tintenfaß, ein Spazierstock, ein Fernglas und einige hübsche Bilder; für Lottchen: ein Nähkasten, ein Strickkörbchen, ein hübsches Lesebuch mit vielen Bildern und mehrere Kleidungsstücke; für Marie: eine Wiege mit einer Puppe darin, die ebenso gekleidet und eingewickelt ist, wie die Schwester Elisabeth am vorigen Weihnachtsabend. Neben der Wiege steht ein kleiner Warmkorb und darauf liegt ein vollständiger Nachtanzug für die Puppe. Dabei steht auch ein kleiner Stuhl, auf dem Marie sitzen soll, wenn sie das Püppchen an- und ausziehen oder wiegen will. Mehrere Zinnsachen und verschiedenes Steinzeug für ihre kleine Küche sind auch noch auf dem Tische, ein Bilderbuch mit schönen Geschichten und noch manche Dinge zum Spielen und zum Anziehen. Karl bekommt einen bunten Ball, einen großen Ochsen mit goldenen Hörnern, eine Schaufel und eine Harke, eine Trommel und einen Soldatenhut, einige Schachteln mit Bleisoldaten und eine Rechentafel mit goldenen und silbernen Griffeln dabei. Für Lisbethchen ist da ein kleiner Korbwagen, eine Puppe, ein Kuckuck, ein Sägemann und ein kleines Teezeug von weißem Holze. Martha und Trina bekommen jede Zeug zum Kleide, ein buntes Mützenband, ein Buch, etwas Geld, um sich kaufen zu können, was sie sonst noch nötig haben, und eine Menge Äpfel, Nüsse und Kuchen. – Die Kinder stehen erst ein Weilchen und staunen den glänzenden Baum an. »Seht!« sagt der Vater, »eh' das Christkind auf Erden gekommen war, da hatte man kein Weihnachten und noch weniger einen Weihnachtsbaum. Da kannte man wohl einen Baum, der den Menschen viel Leid gebracht hatte, aber keinen, über den man sich freuen konnte. Kennt Ihr wohl den Baum, der die Menschen so unglücklich und traurig gemacht hat?« – »Du meinst wohl den Baum im Paradiese?« fragt Lottchen. »Ja wohl, den meine ich«, antwortet der Vater. »Als Adam und Eva von dem Baume gegessen hatten, von dem sie nicht essen sollten, da jagte Gott sie aus dem schönen Paradiese, und sie kamen in viel Leid und Trübsal. Da waren Adam und Eva traurig über den Baum, und alle Menschen, die nach ihnen lebten, auch. Als aber Gott sich ihrer erbarmte und ihnen seinen Sohn schickte, damit der die Menschen wieder ins Paradies zurückbringe, da wurden alle Traurigen getröstet. Um jedoch nie zu vergessen, wie unglücklich sie durch ihren Ungehorsam geworden, stellten sie alle Jahre einen Baum auf ihren Weihnachtstisch; um aber auch immer daran zu denken, wie liebevoll und gnädig Gott sich uns zeigt, indem er uns seinen eingebornen Sohn schenkt, schmückt man den Baum mit glänzenden Sachen und strahlenden Lichtern. Und so wie wir mehr von dem Glanz als von dem Baum sehen, so ist auch die Gnade Gottes größer als alle Sünden, wenn wir's nur glauben und annehmen wollen.« So spricht der Vater. Dann führt er jedes Kind an sein Tischchen, und Jubel und Freude und Zeigen und Erzählen und Danken will gar kein Ende nehmen. Jeder meint, er habe doch die schönsten Sachen erhalten und viel mehr, als er erwartet. Trina nimmt darauf ihre alten Eltern mit nach oben in die Kinderstube. Da hat sie auch einen kleinen Baum für sie aufgeziert und mancherlei gekaufte und gearbeitete Sachen herumgelegt. Die gute Mama hat noch zehn große Tüten dazu getan mit Reis und Grütze und Mehl und wer weiß was alles für schöne Eßwaren.

Nachdem die Kinder noch ein paar Stunden gespielt und sich gefreut haben, ruft Mama sie zum Abendbrot. Das war auch sehr niedlich. Im Bethlehemstübchen war ein kleiner Tisch gedeckt für neun Persönchen. Lottchen soll schon mit den großen Leuten um zehn Uhr Karpfen und Kartoffeln essen; die Kinder bekommen aber um acht Uhr gebratene Küken, Spinat, Kartoffeln und gekochte Früchte und zum Nachtisch goldene Äpfel und Nüsse und Zuckerwerk vom Weihnachtsbaum. O, das ist eine Freude! So etwas Schönes haben die sechs armen Kinder noch niemals gegessen; es schmeckt ihnen wunderschön. So sehr ihnen das aber auch alles gefällt, lieber als beim Abendbrot und lieber als bei den Geschenken sind sie doch bei der Bethlehemshütte, und Papa muß immer für neue Lichter sorgen, damit sie hell erleuchtet bleibe, so lange die Kinder noch wach sind.

Erich Grimoni

Sternsingen und Brummtopf

Die alte Sitte des »Sternsingens« hat sich bis zu Beginn dieses Krieges erhalten. Die Sänger kamen, unter Vorantritt des Sternträgers, entweder als die Heiligen Drei Könige oder als Tiere (Storch, Ziegenbock und Schimmel). Fackeln erhellten ihnen den Weg, in dem Papierstern, der sich auf der hohen Stange drehte, leuchtete ein Licht. Die Könige trugen lange weiße Hemden und waren mit goldenen Papierkronen, farbigen Ketten und allerlei sonstigem Zierat geschmückt. Der eine hatte

sein Gesicht mit Ruß geschwärzt, der andere trug mitunter ein Holzschwert mit blutigroter Spitze als Andeutung des Herodianischen Kindermordes. Laut und eintönig erklang das Eingangslied aus den schon heiseren Kehlen der Jungen:

>>Wir treten herein ohn allen Spott,
einen schönen guten Abend, den gebe euch Gott.
Einen schönen guten Abend, eine fröhliche Zeit,
die uns der Herr Christus hat bereit.
Wir Weisen, wir zogen den Berg herauf,
Herodes, der kuckte zum Fenster heraus,
Herodes, der dachte in seinem Sinn:
das sind ja drei Weise, wo wollen die hin? ...<< usw.

Nach einer kurzen Pause wurde der Weihnachtsspruch hergesagt. Und nach einer abermaligen Pause, als schon die Hausfrau allerlei Eßbares zurechtrückte, wurden die guten Wünsche dargebracht. Nacheinander traten die Könige und der Sternträger vor und sangen:

>>Wir wünschen dem Herrn einen goldenen Tisch,
An allen vier Ecken gebratenen Fisch.
Und in der Mitt' eine Kanne Wein.
Der Herr kann trinken und fröhlich sein.
Wir wünschen der Frau eine goldene Kron ...<<

Alle Hauseinwohner wurden bedacht: Sohn und Tochter, Köchin, Magd und Kutscher. Und zum Schluß hieß es:

>>Wir hören die Frau mit den Schlüsseln klingen ...
sie wird uns eine Verehrung bringen.<<

Hausfrau und Kinder verteilten dann an die Sänger Weihnachtsgebäck und packten ihnen altes Spielzeug und Kleidungsstücke in die schon halb gefüllten Säcke. Daraufhin gab es als Abschied noch einige Weihnachtslieder, und die Schar zog weiter, um einer anderen Platz zu machen.

Ähnlich, nur rauher und lauter, ging es zu, wenn Storch, Ziegenbock und Schimmel auftraten. Oft war die Vermummung so ungeschickt vorgenommen worden, daß man kaum erkennen konnte, was dargestellt werden sollte. Brummtopf und Teufelsgeige begleiteten den Gesang. Die Spieler dieser Instrumente trugen rußgeschwärzte Gesichter. Unter dem Liede:

> »Wir kommen herein getreten
> mit Singen und mit Beten
> und bringen euch die fröhliche
> Weihnacht in das Haus«

zogen sie in die Stube, wobei »das Schimmelke« gewaltig wieherte und »auskeilte«. Das weitere spielte sich in der gleichen Form ab wie bei den Heiligen Drei Königen, nur daß hier Brummtopf und Teufelsgeige den Gesang begleiteten. Gegen Schluß begannen die drei Tiere allerlei Schabernack zu treiben. Der Schimmel wurde aufgefordert zu tanzen, was er sich nicht zweimal sagen ließ. Unter den anfeuernden Rufen der Zuschauer vollführte er immer schnellere und höhere Sprünge, und die beiden Spieler rissen wie unsinnig an ihren Instrumenten, so daß ein gewaltiger Lärm entstand, der wohl in alter Zeit geeignet gewesen sein muß, böse Geister zu vertreiben.

Die Lärminstrumente ließen sich mit einfachen Mitteln herstellen. Der Brummtopf bestand aus einem Fäßchen oder alten Topf, der auf der offenen Seite mit einer Schweinsblase oder Leder bespannt war. Durch ein Loch in der Mitte der Blase (bzw. des Leders) war ein Büschel Pferdehaare gezogen und auf der Unterseite zusammengeknotet. Wenn man an diesen Haaren zog oder riß, ergab das einen eigenartigen brummenden Ton. Die Teufelsgeige, auch Brummbaß genannt, bestand aus einem langen Stock, bei dem Draht- oder Bindfadensaiten vom oberen Ende über ein Brett oder eine Zigarrenkiste nach unten gespannt waren, die beim Zupfen oder Anstreichen schrille Töne hervorriefen. Der Lärm konnte noch gesteigert werden, wenn man am oberen Ende des Stockes kleine Bleche auf einen Nagel spießte und dann das Instrument auf den Boden aufstieß. So wie die Instrumente, deuten auch die Tiere auf vorchristliche Entstehungszeit hin. Der Schimmel erscheint als Wodans Roß, der Ziegenbock war dem Gott Thor und wohl auch einem der alten Preußengötter geweiht, und in dem ostpreußischen Namen des Storches »Adeboar« steckt das germanische »beran«, das heute noch im Worte »geboren« weiter lebt und auch wieder auf Fruchtbarkeitszauber zurückgeht.

 ## Rummeltopf-Lied aus Eutin

Um Weihnachten ziehen die Knaben mit einem sogenannten Rummeltopf herum, singen vor den Häusern, indem sie zugleich um Geschenke bitten:

Lieschen mak de Döhr apen,
Lat'n Rummelpott herin.
Wenn dat Schipp von Holland kümmt,
Het'n god'n Winn,
Schipper, wullt du wieken.
Speelmann, wullt du strieken:
Sett'n Segel op'n Dopp
Un gif mi wat in'n Rummelpott!

Wenn sie eine Gabe erhalten haben, singen sie zum Abschied den Scherzvers:

Hau de Katt 'n Schwanz aff!
Hau en nich to lang aff!
Lat 'n lüttn Stummel stahn,
Morgen wöll wi wieder gahn.

Friesisches Rummeltopf-Liedchen zum Martinsabend

Rummelpott wulln Oertje hebben.
'n Oertje of een Appel.
Laat mi nich to lange stahn,
Ick mutt noch'n Hüsken wieder gahn!

Walter Kempowski

Unser Baum ist doch der schönste

Die Weihnachtszeit ist immer ein großes, freudiges Geldausgeben, auf das man lange gewartet hat. Schnee und Kälte sind in diesen Jahren ausgiebiger als heute, die Fuhrwerke haben statt der Räder Schlittenkufen. In den Straßen tönt Schlittengeläut: Die Pferde haben am Zaumzeug Schellen.

Der weiße Schnee, das Dahingleiten der Schlitten, das Klinkern der Glöckchen, das ist nicht wegzudenken aus der Stadt. Es wimmelt von Gutsbesitzern und von Bauern in Joppe, die grüne Mütze auf dem Kopf, mit Klappen für die Ohren.

Hampelmann, fief Penning,
Hampelmann, tein Penning!

So rufen die Arme-Leute-Kinder vor den Kaufhäusern, an den Mantelknöpfen haben sie die Hampelmänner hängen. Die Gutsbesitzer kaufen bei Zeeck seidene Plastrons, und die Bäuerinnen kaufen bei Wertheim riesengroße Schinkenbüdel. (Heute würde man sie »Schlüpfer« nennen.)

Hampelmann! Hampelmann!
de Arm un Bein bewegen kann!

Hampelmänner kaufen sie nicht.

Bei Dunski am Hafen, in der großen Halle, gibt es billig Apfelsinen.

Statt des Fahrrads holt man den Peekschlitten aus dem Keller, zu dem ein Peekstock gehört, mit dem man sich vorwärtsstoßen kann.

Zietra, Holtbahn!

Übung und Kraft gehören dazu, solche Schlitten flottzuhalten. Nur Jungen machen das, Mädchen sieht man dabei nicht.

Vor dem Rathaus riecht es nach Bratwürsten. Buden sind aufgereiht mit Pflaumenmännern und Lebkuchenherzen. Daneben stehen die Apfelwagen der Bauern mit Säcken über der Radnabe, damit sich niemand schmutzig macht. Vom Hafen her weht ein scharfer Wind, und die Bauern schmeißen die Rotze mit dem Finger weg und schlagen sich die Arme um den Leib. Die dicken Verkaufsfrauen haben kleine Messingpfannen mit glühenden Kohlen unterm Tisch.

An der Polizeiwache fährt ein Wagen vor, die »Grüne Minna«. Zwei Schutzleute steigen aus, in dem wirbelnden Schnee, mit stumpfer Pickelhaube und Säbel, ihnen folgt in Handfesseln ein Mann mittleren Alters, mit rötlichem Vollbart.

»Zurücktreten! Nun treten Sie doch zurück!«

Auf dem Kopf hat er eine Pelzmütze, die ist verrutscht. Vermutlich hat sie ihm einer der beiden kräftigen Polizisten aufgestülpt.

Körling sieht ihn nur einen Augenblick. Im Gefängnis sitzen? Jetzt? So kurz vor Weihnachten?

Aber vielleicht ist das ja ein Mörder. *Wenn* man einen Menschen arretiert, *dann* wird das schon seine Gründe haben ...

> Er wird ein Knecht und ich ein Herr,
> das mag ein Wechsel sein ...

Große Schneeflocken segeln vom Himmel herab, und auf der blauschwarzen Marienkirche stehen frierende Bläser und blasen, wie sie es schon seit Jahrhunderten tun, obwohl es da oben »spukt«, wie es in alten Chroniken zu lesen ist.

Am Heiligabend muß die Großmutter besucht werden.

Maria Martens wohnt im Heilig-Geist-Stift. Vom Kreuzgang gehen die Zellen der Nonnen ab, die hier im Mittelalter froren, Holzstiegen mit gedrechseltem Geländer führen vom Gang zu den Zellen. Weiß gekalkt ist der Kreuzgang, und die Treppen sind auch weiß gekalkt.

»Maria Martens« steht auf dem Türschild, wie es sich gehört, und am Klingelzug muß gezogen werden, worauf ein Glöckchen über der Tür bimmelt. Dann öffnet die Großmutter, macht eine Verbeugung vor »dem jungen Herrn«, wie sie sagt, und bittet ihn einzutreten in das nach ungelüftetem Bett und nach allerhand anderem riechende Zimmer, das von der Westwand der Marienkirche verdunkelt wird.

Als Körling ihr wie Rotkäppchen den Korb mit Weihnachts-
geschenken reicht, sagt sie:»Vielen Dank, mein Herr!« und
macht einen Knicks.

Seit sie plötzlich unter den Gästen erschien, und zwar im
Nachthemd, ging es nicht mehr, da mußte man sie weggeben.
»Was sollen denn die Leute denken ...«

Die Luft anhalten, bei diesem Besuch, das geht nicht, denn so
bald kommt man hier nicht wieder weg. Die Großmutter will
nämlich erzählen, daß sie einmal am 8.8.1888 Geburtstag gehabt hat, wie sie das jedesmal tut: in ihrem grauseidenen Kleid,
schwarz eingefaßt und unglaublich faltenreich, sieht sie eigentlich sehr schön aus. Aber das Gesicht: es ist wie das Gesicht
eines Kindes, eines zahnlosen Kindes.

Die Luft anhalten, das geht nicht, so schnell kommt man
nicht davon. Man muß einen Keks essen, und erst nach einer
Stunde bekommt man gesagt:»Besuchen Sie mich doch mal
wieder!« und kann dann endlich die Treppe hinuntersteigen,
langsam, würdevoll, nur unwesentlich schneller werdend,
denn die Großmutter wird einem nachgucken, bis man um die
Biegung des Kreuzganges herum ist, dort, wo die hölzerne
Taube hängt, die aussieht, als hätte man sie von der Berg- und
Talbahn abmontiert.

Zur Kirche gehen die Kempowskis nicht, am Heiligabend, es ist
immer so kalt in der Nikolaikirche, und der alte Herr mit seinem Rollstuhl, wie soll man das denn anstellen.

Erst mal wird schön gemütlich Kaffee getrunken, im vorde-
ren Zimmer. Frau Jesse, drüben, auf der anderen Straßenseite,
tut das auch. Die gibt ihrem Papagei ein Stück Biskuit.

Vater Kempowski hat die»Warm«flasche auf dem Bauch,
hinter sich den Blechkasten mit Mürbeplätzchen und»Königsberger Marzipan«, das eigentlich nur für ihn da ist. (Den Kasten kann man abschließen.) Davon wird er gleich etwas heraus-
rücken müssen.

Anna häkelt, Silbi häkelt auch. Der Adventskranz mit allen
vier Kerzen steht auf dem Tisch, und Karl sitzt am Klavier. Er
spielt die altbekannten Lieder.

Kling, Glöckchen, klingelingeling!
Kling, Glöckchen, kling!

»Hier, Korl«, sagt der Vater, als er die Lieder durch hat, und gibt ihm den Schlüssel für den Blechkasten. Karl darf den Kasten aufschließen und für jeden einen Königsberger Kranz herausnehmen, den man eigentlich gar nicht so gerne mag, weil der so bramstig schmeckt.

Stribold steht schon bereit, mit gespitzten Ohren und mit gespitztem Schwanz: der weiß, daß er das gleich bekommen wird.

Nun müssen noch die »Klockenlüders« abgewartet werden, mit ihrer Laterne und der Hellebarde, die ihre halbe Mark empfangen wollen, und jetzt stapft da draußen schon der alte Ahlers durch den Schnee, eben geht er durch das gelbe Laternenlicht. Dann kann man also gleich anfangen mit der Bescherung. Während er im Entree den Schnee von der Melone abschlägt, stellen sich Silbi und Karl vor der Schiebetür auf, die nun gleich zur Seite geschoben wird.

Das Dienstpersonal versammelt sich auch, sechs Mädchen sind es momentan, und Giesing weint schon wieder.

»Na, denn man zu!« sagt Anna und faßt an die Frisur. »Denn man rin ins Vergnügen …« (Das geht ja nun auf keinen Fall, daß sie jedes Weihnachten ihre Mutter holt. Wo die so durcheinander ist?) Die Tür wird geöffnet, und der von Bobrowski, dem Rollstuhlschieber, mit bunten Trompeten und Harfen sehr solid geschmückte Tannenbaum strahlt, und jeder geht an seinen Platz, ohne große Umstände.

Der Vater bleibt im Erker sitzen, der hat da seinen Rotwein. Der kann da so schön auf die Straße gucken. Ob da jetzt noch einer geht? fragt er sich. Und was der da draußen wohl zu suchen hat? Nach drinnen, in das Weihnachtszimmer, kann er auch gucken. Was Anning wohl zu dem Gehänge sagt, das er ihr gekauft hat, das möcht' er denn nun doch gern wissen. Ob es wohl diesmal das Richtige ist?

Wißt ihr noch, wie voriges Jahr
es am Heiligen Abend war?

Oder ob es wieder einmal eine dieser emphatischen Szenen gibt, weil es wieder mal nicht reicht?

So ein Gehänge, das ist klar, hat sein Vater seiner Mutter niemals schenken können. Das bißchen Granatschmuck, was die hatte?

Eigentlich schön, daß man es kann.

Körling findet auf seinem Tisch »Das Neue Universum«, eine Dampfmaschine aus gezogenem Messing mit vernickelten Armaturen, zu der vier Arbeiter aus Blech gehören, die unausgesetzt sägen, schleifen, hämmern und bohren, und »Lehmanns Zukunftsauto (Berlin, Paris, New York): fährt über Land und Meer«. Es ist aus Blech und fährt tatsächlich mittels kleiner

Schaufelräder sowohl auf dem Teppich als auch in der Bade-
wanne.

Auch neue Wagen für die Uhrwerk-Eisenbahn gibt es, einen
für Langholz mit lackierten Baumstämmen drauf. Die Lokomo-
tive muß man leider dauernd aufziehen, und in der Kurve
kippt der ganze Kram um.

Silbi hat ihren Kochherd in Betrieb genommen, sie brät sich
Zucker in einer Puppen-Pfanne. Das Wasser läuft ihr im Munde
zusammen dabei, obwohl es schon sehr angebrannt riecht.

Das Personal steht vor den Tischen mit den sehr nützlichen Sachen.

Das Mädchen Giesing schluchzt immer wieder auf, sie denkt an Zuhause, an Parchim, an die kleine Stube, mit Opa damals noch.

»Mein Gott, dies Geheule …«, sagt Anna und faßt sich an den Schildpattkamm, mit dem ihre Frisur zusammengehalten wird.

Sobald es schicklich ist, schnappen sich die Mädchen ihre Schlüpfer und Strümpfe und verschwinden in der Kellerküche, wo der Extra-Weihnachtsbaum steht, den auch der Rollstuhlschieber geschmückt hat, zwölf Kerzen, für jeden Monat eine – am großen, oben, stecken vierundzwanzig –, und wenn die Kempowskis oben nur mal einen Moment still wären, dann würden sie durch den Speiseaufzug die alten Weihnachtslieder hören: Chri-hist, der Retter ist da …

Nun ruft Vater Kempowski seinen Sohn zu sich in den Erker und läßt ihn aus seinem Rotweinglas trinken, so ähnlich wie beim Abendmahl ist das: » … nie wieder Zigaretten schmöken, hörst du? Däse oll Glimmstengels. Zigarren meinswegen, aber keine Zigaretten!«

Er zeigt ihm, wie man die Zigarre anschneidet: »Und die Bauchbinde vorher abstreifen – so eine um iss, heißt das.« Und wenn man Bier vorgesetzt kriegt, den Schluck erst im Mund umspülen, damit das nicht so kalt im Bauch ist. (Vielleicht hätte man doch die kleine Linz bitten sollen – die sitzt nun womöglich allein auf ihrem Zimmer?)

»Hoch, runter, Schnaps!«

Der alte Ahlers sitzt in seinem Korbsessel, direkt neben dem Weihnachtsbaum, den »Kock-nack« in der Hand und die Spendier-Zigarre im Mund: auch in Sao Paulo ist er mal gewesen. Mag sin, mag öwersten ok nich sin. Aber daran denkt er jetzt nicht. Er denkt an den großen Fehler damals. Wenn er den nicht gemacht hätte, damals, dann wäre alles anders gekommen. Jetzt eben hört er dem Rollstuhlschieber zu, der sonderbare

Verse kennt, die er nun der Reihe nach deklamiert, Verse, die nur für Erwachsene bestimmt sind. Nach, dem schönen Hochzeitsfeste, feste-feste, feste-feste ... (Das wär' mal eine Schallplatte gewesen, mit'm Sprung.) »Der Regent, Dirigent, das regent«, sagt der alte Ahlers, weil er sich an der Unterhaltung beteiligen will.

Danach muß Karl die schnarrende Eisenbahn abstellen, denn der Rollstuhlschieber will, wie jedes Jahr, »Kaiserparade« veranstalten. Er stellt zwei Löffel in ein Bierglas und marschiert, bei jedem Schritt damit klirrend, um den Tisch herum: »Ganze Abteilung halt!« Klirr ...

Und dann hält er eine Ansprache auf den Kaiser, die gar nicht so schlecht ist, und er beschließt sie regelrecht mit: »Hipphipp, hurra!« Und das macht er derartig gut, daß alle lachen müssen und die Hunde zu bellen anfangen. (Ärgerlich ist es, daß er seinen Priem immer auf die Fensterbank legt, da faßt man dann rein; so und so oft hat man ihm das schon gesagt.)

Jetzt hört man durch den Speiseaufzug die Dienstmädchen lachen, unten, in der Kellerküche: Dort wird keine Rede auf den Kaiser gehalten, da hat gerade eine andere Vorstellung stattgefunden: »Die Gnädige« heißt das Stück oder »De Oltsch«.

»Ich seh' alles!«

 Kindjes und Semmelpopp

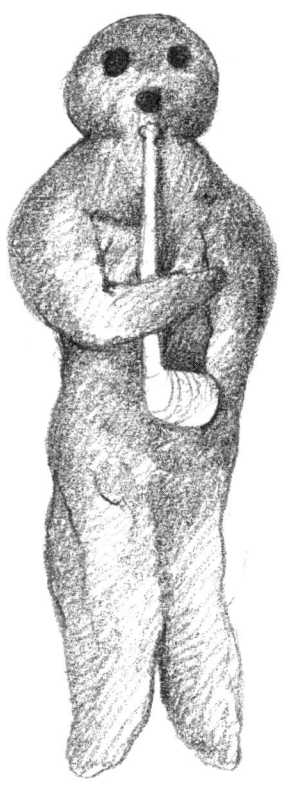

Der Mecklenburger Fritz Reuter gehörte als Student der Allgemeinen Deutschen Burschenschaft an, die sich für ein einheitliches Deutschland einsetzte und in ihrem Protest gegen die Kleinstaaterei 1833 die Frankfurter Hauptwache zu stürmen versuchte. Fritz Reuter wurde dabei verhaftet, erst zum Tode, dann zu dreißig Jahren Kerker verurteilt und nach sieben Jahren im Rahmen einer Amnestie freigelassen. Nach einer solchen »Festungstid« feiert man anders Weihnachten und ist vor allem für alle Freunde dankbar, die einem treu geblieben sind. Das Kindje, das er in seinem Brief erwähnt, ist das Kenken der Insel Föhr, siehe Seite 104, und die Semmelpopp, die gebackene Puppe aus Semmelteig, die manchmal eine weiße Tonpfeife trägt und manchmal genau in der Mitte vorm Semmelbauch einen stilisierten Baum trägt, stellt das Jahr dar. Der Baum teilt die Puppe, so wie das Jahr in Sommer und Winter geteilt ist. Die Popp erinnert also an beide Hälften des Lebens, die dunkle der Trauer und Trübsal und die helle der Hoffnung.

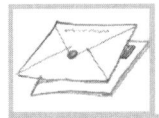 Sös Spickgäns'

Fritz Reuter an Ludwig Reinhard

Eisenach, 22. Dezember 1863.

Lurwig! Sös Spickgäns', drei Mettwürst un drei Ossentungen, vier Bratwürst, fiwuntwintig Pund Hambörger Rokfleisch und denn noch all dat Anner; denn noch so velen Kauken, dat Du dormit äwer den Bolzer Meßhof en drögen Stig leggen kannst; einen groten Pumpernickel, 'ne Kist mit Grabowschen Win un mit Mulderjahn, un so velen Branntwin, dat en Hund dorin swemmen kann, – ist Di dat viellicht nich gaud genaug? – Kümmst Du den Dunnersdag mit den irsten Tog nich, – denn – denn kümmst Du mit den tweiten; äwer kümmst Du mit den tweiten nicht, denn möt ick Di schieremang för Rothschildten sine Fru Gemahlin erklären, de sich vör sinen nigen Pahleh up den Balkan set'te, un tau de hei dunn säd:»Blümche, du verdirbst mir die ganze Fassade!« – Lurwig, Du weitst, mit Kleinigkeiten kann man Kinner en grot Vergnäugen maken, un ick betracht Di noch ümmer as Lewerenzen sin Kind, wat grad' so as Du en beten lang geraden was; Du sallst för ditmal min Kindjes un Semmelpopp sin, de mi tau Wihnacht schenkt ward. – Hinstörp,»der Menschenfreund«, betahlt allens; »mein Liebchen, was willst du noch mehr?« – Also up jeden Fall den Dunnersdag! Walesrode kümmt des Nahmiddags Klock drei.

Lurwig, ich grüße Dich! meine Frau grüßt Dich, und meine Lisette (französische und englische Erzieherin bei uns, die diesen Brief zur Post bringt) empfiehlt sich dir bestens.

Weihnachtsbräuche in Nordfriesland

Persteffen

In der Nacht vor dem Pferdesteffen begaben sich die jungen Burschen in die Häuser, putzten die Pferde und ritten unter großem Lärm auf der Diele herum, bis sie mit Bier und Branntwein bewirtet wurden.

In Nordfriesland wurden die Kinder einst am Stephanstag beschenkt; Bringer der Gaben war der heilige Stephan, der am Abend vorher auf einem weißen Roß übers Watt geritten kam und die Geschenke in die Hände der Eltern legte.

In Wallsbüll (Nordfriesland) veranstalteten die jungen Burschen am 2ten Weihnachtstag ein Wettrennen; der Sieger erhielt den Ehrennamen »Steffen«.

In Viöl (Bredstedt) bekam das Kind, das am 26. Dezember zuletzt aufgestanden war, den Spottnamen »Steffen« und mußte auf einer Heugabel zum Nachbarn hinüberreiten.

Thamsen

In den Tagen vom 24. Dezember bis zum 6. Januar durften die Dinge, welche »Rad« hießen, resp. welche drehbar waren, nicht in Bewegung gesetzt werden, weil das zu einem neuen Rundlaufe sich anschickende Zeitenrad in dieser Zeit gewissermaßen stille stand; heißt es doch heute noch, daß erst nach dem Tage der heiligen drei Könige das Zunehmen der Tageslänge bemerkbar sei. Darum stellte man auf Föhr, wie in manchen andern Orten Nordfrieslands bereits vor der langen Nacht während der Zwölften, Schiebkarren, Spinnräder, Wagen usw. an einen besonderen Ort. Allmählich verlor sich diese Sitte. Was von drehbarem Geschirr vor der langen Nacht des 20. Dezembers draußen gelassen wurde, war nun der Sorgfalt der jungen Leute, den Halfjunkengängern, überlassen. Sie trugen es freilich nicht unter Dach und Fach, sondern türmten es an einem Platz des Dorfes zu Haufen auf. Später wurden und werden trotz polizeilicher Verbote diese und auch andere Dinge, die man draußen ließ, eben dahin getragen. Nach der Thomasnacht heißt die Sitte »Thamsen«.

In den Küstenländern waren ursprünglich weder die Weihnachtskrippe, wie man sie in katholischen Kirchen aufbaute und auch heute vielerorts wieder aufbaut, noch der Tannenbaum als Christbaum üblich. Es gab keine Tannenwälder am Meer, dafür anderes Grün, und so wurden die Weihnachtspyramiden aus Stangen, Äpfeln und Buchsbaumgirlanden aufgebaut und zusammengesteckt, die in allen Landschaften eine etwas andere Form erhielten. Alle stellen aber den Paradiesgarten dar, so wie er in der Bibel beschrieben wird: der immergrüne Garten ohne Tod und Vergehen, mit dem Baum der Erkenntnis und dem Baum des Lebens. Dieses Paradies und seinen Frieden haben Adam und Eva verloren, und erst durch die Geburt Christi wird es uns wieder verheißen. So gehören die biblischen Stammeltern ebenso wie Esel und Engel zum Personal der figürlichen Weihnachtsdarstellungen.

Ursprünglich hat sich auch der Christbaum, der als Baum der Erkenntnis betrachtet wurde, aus dem »Paradiesgarten« erhoben. Das war ein standfestes Rechteck, der Weihnachtsbaumfuß, von einem Flechtzaun umgeben, in dessen Mitte eine kleine hochstämmige Tanne steckte oder die immergrünen Zweige. Jedes Jahr zog die Familie in den Wald und holte frisches Moos für diesen Garten. Die Kinder hatten unterdessen versucht, Weizen aus Körnern und Erdbeeren aus Pflanzen so sprießen oder gar reifen zu lassen, dass diese beiden Sinnbilder fürs Gotteskind mit in das Paradiesmoos gesetzt werden konnten. In der bäuerlichen Tradition haben das Paradies und der Baum der Erkenntnis fast abstrakte Formen angenommen: der Putzapfel aus Schlesien, der Klausenbaum aus Bayern, die Lichterpyramide aus dem Erzgebirge, die Berliner Pyramiden oder der Kinken- oder Kenkenbaum der Insel Föhr. Er ist der bekannteste an der Küste. Vor diesem »Kindchen«-Baum stehen Adam und Eva samt der Schlange, an den Querstäben entdeckt man Wotans Hund und zuoberst den heidnischen Hahn,

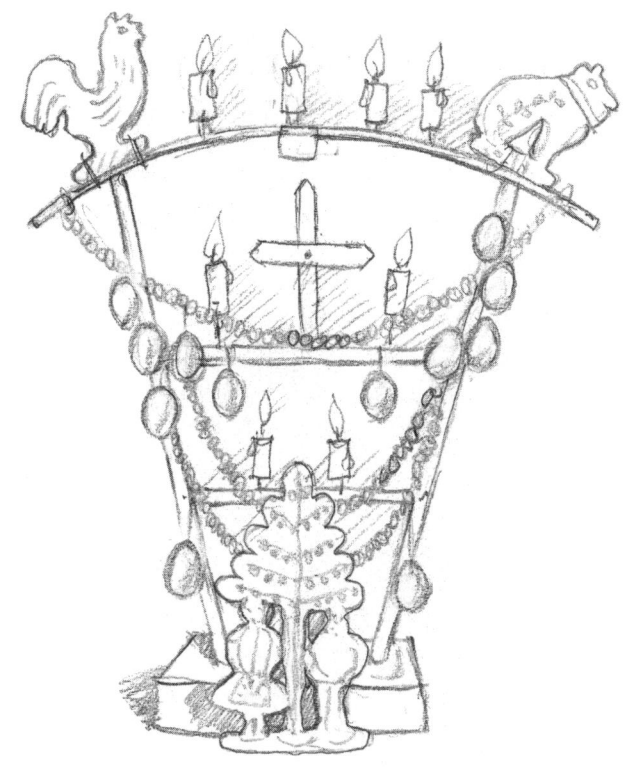

alle aus weißem Mürbteig gebacken, mit Binnenzeichnungen und Konturen aus unverdünntem Rote-Bete-Saft. Auf den Querstäben sitzen Nägel, denn seit der Mitte des vorigen Jahrhunderts ist es Sitte, dass die Kinder den Baum vor dem Weihnachtsessen vor das Fenster stellen und die Kerzen anzünden. Dann kommt Kenken vorbei, hebt eine Scheibe aus dem Fenster und hängt seine Gaben an die Nägel, lange Rosinenketten und blanke Äpfel.

Die gebackenen Gestalten wurden nicht ausgestochen, sondern nach Holzschablonen ausgeschnitten.

Nach anderen Traditionen werden die Querstreben von runden oder ovalen Reifen umspannt, meist aus Weidenruten, auf denen Kerzen saßen: dann strahlte das Gestell in einem helleren Licht.

Andere Pyramiden oder Bäume haben drei Querhölzer, also sechs Zweige, an die man zwölf goldene Eier oder Äpfel hängen kann: für jeden Monat des kommenden Jahres ein glückverheißendes Zeichen oder eine Erinnerung an die zwölf Apostel.

Friedrich Augustiny

Eine Christabend- und Silvesterfeier auf Hallig Oland um 1840

Während der Wintermonate war Oland eine kleine Welt für sich, daher mussten die Vorbereitungen für die Weihnachtsbescherung schon im Oktober getroffen werden. Das geschah in Husum, wo zugleich mit den notwendigen Einkäufen an Lebensmitteln für den Winterbedarf auch die bescheidenen Einkäufe für den Weihnachtstisch gemacht wurden. Diese Letzteren bestanden in Äpfeln, Nüssen, Feigen, einigen Bilderbogen von Gustav Kühn in Neu-Ruppin, zwei Schachteln mit Zinnsoldaten und einigen Bogen bunten Papiers, sowie einem Wachsstock.

Schleswig-Holstein ist das Land der Buchen und Eichen. Erst seit dessen Zugehörigkeit zum Deutschen Reiche hat man besonders auf dem durch die Mitte des Landes sich hinziehenden uralisch-baltischen Landrücken größere Landstrecken mit Nadelholz bepflanzt. Als das Land noch zu Dänemark gehörte, gab es dort nur in der Nähe einiger Städte vereinzelt kleine Fichtenanpflanzungen. So ist es denn auch nicht zu verwundern, dass man selbst in den Städten den Tannenbaum auf dem Weihnachtstisch nicht in allen Familien kannte. Auf dem Lande, das heißt in den Dörfern, sah man ihn nur im Pastorat und im Hause des Lehrers. Auf unserer Hallig kannte man ihn nur vom Hörensagen. Dennoch gabs im Pastorat einen Weihnachtsbaum. Die Kunst musste die Natur ersetzen. Auf Oland lebte ein Mann, Knud Bonken mit Namen, der das ganze Handwerk vertrat; nur mit Nähnadel und Pechdraht verstand er nicht umzugehen. Dieser Mann erhielt von meinen Eltern den Auftrag, das Skelett für einen Weihnachtsbaum herzustellen. Dieses bestand in einem in ein liegendes Kreuz eingesetzten Stamm mit zwölf die Zweige des Baumes darstellenden Seitenstäben. Die lieben Eltern beklebten sodann den Stamm mit grauem, das Kreuz und die Seitenstäbe mit grü-

107

nem Papier. Aus dem übrigen Papier in anderen lebhaften Farben wurden Ketten und Netze angefertigt und zwischen den Seitenstäben aufgehängt. In die Letzteren wurden je ein Apfel oder ein paar Nüsse oder Feigen gesteckt. Aber damit nicht genug. Es musste doch noch mehr Naschwerk an den Baum kommen, und auch dafür hatte die gute Mutter gesorgt. Aus Pfefferkuchenteig, bei dem statt des Honigs brauner Sirup verwendet worden war, hatte sie allerlei Getier gebacken und zwar solches, das man auf der Hallig nicht kannte, dazu gehörte auch das Pferd; ein Männlein und ein Fräulein fehlten aber auch nicht an dem Baume. Nun wurde der Wachsstock in 30 gleiche, etwa 3 bis 4 Zentimeter lange Stücke geschnitten, von denen die Hälfte für den Neujahrsabend zurückgelegt wurde. Diese kleinen Kerzen wurden gerade gebogen, ein wenig angewärmt und an den Zweigenden befestigt. So fand nun der Baum in der besten Stube in der Mitte eines größeren Tisches seinen Platz. Um ihn herum wurden die Geschenke gelegt; diese bestanden für die Kinder in von der Mutter selbst gefertigten Anzügen, den oben erwähnten Bilderbogen und Zinnsoldaten; das Mädchen erhielt ein paar Ellen Leinewand, und die Eltern beschenkten sich mit Sachen, die im Haushalt notwendig gebraucht wurden. Im Jahre 1842 zeigte der Weihnachtstisch einen ungewöhnlichen Luxus, der in Bilderbüchern, verschiedenen Spielsachen, zum Beispiel einer Stadt, einer Schafherde, einem zusammensetzbaren Geduldspiel u. a. bestand. Diese schönen Sachen hatten die Badegäste von Wyk auf Föhr geschickt, die bei einem Ausflug von dort im vorhergehenden Sommer Oland besucht hatten und bei dieser Gelegenheit im Pastorate mit frischer Milch traktiert worden waren. Außerdem erhielt ich von den geliebten Eltern noch ein Schaukelpferd, das auch aus der Werkstatt Knud Bonkens hervorgegangen war. Dieses hatte mit einem Pferde nur insofern eine gewisse Ähnlichkeit, als es einen Kopf besaß, der sonst einem Strumpftrockner mehr ähnelte als dem Kopfe eines Pferdes, und einen Schwanz. Beine hatte das Geschöpf nicht; diese wurden ersetzt durch zwei unten abgerundete Kufen, die an einem Rückgrat befestigt waren. Das Machwerk hatte einen braunen Anstrich in Ölfarbe, Mähne, Augen und

Schwanz waren schwarz und die Ohren aus Schuhleder hergestellt.

Am Sonntag vor dem Weihnachtsabend stattete uns der »Kromphör«, der friesische »Knecht Ruprecht«, seinen Besuch ab. Es war ein junger Seemann, der den Winter einmal nach mehrjähriger Abwesenheit bei der Mutter zubrachte. Dieser hatte sich in eine getrocknete Kuhhaut gehüllt und ging in die Häuser, in denen sich Kinder befanden – es waren nur zwei außer denen im Pastorate. Auf allen vieren kam er ins Zimmer gekrochen und stieß ein kuhähnliches Gebrüll aus; darauf stellte er sich auf die Hinterbeine und begann zu sprechen; er ermahnte uns Kinder, ja immer recht artig zu sein, da sonst das liebe Christkind nicht zu uns kommen würde.

Diese ungewöhnliche Kuh flößte uns Kindern zuerst einen Schrecken ein. Als dieser aber infolge der freundlichen Anspra-

che der Kuh sich gelegt hatte, wurde das Versprechen natürlich gern gegeben.

Sobald am heiligen Abend die Dunkelheit eingetreten war, setzte sich der Vater an das in der Wohnstube stehende Spinett und spielte die schöne Melodie: »O, du fröhliche, o, du selige Weihnachtszeit.« Dann gingen er und die Mutter in die beste Stube hinüber, die durch eine Tür von der Wohnstube getrennt war. Wir Kinder blieben unter der Aufsicht des Mädchens zurück. In der besten Stube war inzwischen alles sehr schnell in Ordnung gebracht und die wenigen Kerzen des Weihnachtsbaumes waren auch bald angezündet. So kamen die Eltern zurück. Die Mutter nahm den kleinen, sechs Monate alten Bruder auf den Arm, der Vater mich an die Hand, und das Mädchen führte die beiden Zwillingsbrüder in das andere Zimmer. Da stand nun der Weihnachtsbaum in seiner Pracht vor uns, dessen Lichterglanz durch einen an der Wand gegenüber hängenden Spiegel noch verdoppelt wurde. Nachdem wir uns von unserm Anstaunen des Baumes, nach dessen Zweigen der kleine Bruder seine Hände begehrend ausstreckte, etwas beruhigt und die auf dem Tische liegenden schönen Sachen in Empfang genommen hatten, setzte der Vater die Rosinante in Bewegung. Als er dann aber mich auf den Rücken dieses Monstrums setzen wollte, wehrte ich mich zuerst mit Händen und Füßen dagegen, während ich nachher das Tier am liebsten mit ins Bett genommen hätte.

Am Neujahrsabend wurde eine kleine Feier veranstaltet, an der auch die beiden einzigen Kinder der Halligbewohner mit ihren Müttern teilnahmen. Diese Feier begann mit dem Gesange des Liedes »Nun danket alle Gott«, worauf der Vater über einen dem Tage entsprechenden Bibeltext eine kurze Ansprache hielt. Darauf gingen die Eltern in die beste Stube hinüber und zündeten die für diesen Abend reservierten Kerzen, die vorher an dem Baume angebracht waren, an. Bei dem Betreten der besten Stube hatten dieses Mal die Halligkinder mit ihren Müttern den Vortritt. Nicht nur die Kinder, auch die Mütter blieben vor Staunen zuerst in der Tür stehen. Einen solchen Lichterglanz hatten sie noch nie gesehen. Als die letzte Kerze erloschen war, erhielten die Kinder von dem Baume irgendein wildes Tier, einen Apfel und etliche Nüsse und Feigen und gingen dann mit ihren Müttern nach ihrer Ansicht reich beschenkt nach Hause.

Das Abendessen bestand am Weihnachts- wie am Neujahrsabend in allen Familien in dickem mit Zimt und Zucker bestreutem Milchreis und Förten, einem den Berliner Pfannkuchen ähnlichen Gebäck.

 # Milchreis und Förtchen

Ein klassisches Heiligabend-Essen in den Dörfern an Nord- und Ostsee: Milchreis und Förtchen.

Reis war lange ein kostbares Herren-Nahrungsmittel, der weiße Brei wurde also nur bei Hochzeiten und höchsten Fest- und Feiertagen aufgetragen – und Weihnachten dem Hauszwerg in den Stall gestellt, damit er der Familie auch im kommenden Jahr freundlich gesinnt blieb und keinen Schabernack trieb.

Der Brei, 250 g Milchreis auf 1 l Milch, wobei man den Reis zuerst fünf Minuten blanchiert und dann langsam in der gesüßten Milch ausquellen lässt, wird meist weihnachtlich aufgeputzt. Mit Mandeln, Rosinen, buntem vorgekochten Backobst und manchmal einer ganzen Mandel, die demjenigen, der sie in seinem Brei findet, Glück verheißt. Man isst den Milchreis heute aus Satten, mit einem Stück Butter, das in den Reis schmilzt, und tüchtig Zimt und Zucker. In Dänemark gibt es einen extra silbernen Grützelöffel, der an alte Zeiten erinnert, denn früher stand der Reisbrei in einer mächtigen Schüssel mitten auf dem Tisch. Jeder Gast langte mit seinem Slapstock hinein, also dem Löffel aus Holz oder Zinn, den jeder bei sich trug.

Förtchen sind ein Fettgebäck: ein einfacher oder üppiger Hefeteig, der wie die Apfelkuchen löffelweise in der Förtchen (Ochsenaugen)-Pfanne von beiden Seiten gebacken wird.

Joachim Ringelnatz

Die Weihnachtsfeier des Seemanns Kuttel Daddeldu

Die Springburn hatte festgemacht
Am Petersenkai.
Kuttel Daddeldu jumpte an Land,
Durch den Freihafen und die stille heilige Nacht
Und an dem Zollwächter vorbei.
Er schwenkte einen Bananensack in der Hand.
Damit wollte er dem Zollmann den Schädel spalten.
Wenn er es wagte, ihn anzuhalten.
Da flohen die zwei voreinander mit drohenden Reden.
Aber auf einmal trafen sich wieder beide im König von
Schweden.

Daddeldus Braut liebte die Männer vom Meere,
Denn sie stammte aus Bayern.
Und jetzt war sie bei einer Abortfrau in der Lehre,
Und bei ihr wollte Kuttel Daddeldu Weihnachten feiern.

Im König von Schweden war Kuttel bekannt als
Krakehler.
Deswegen begrüßte der Wirt ihn freundlich:
»Hallo old sailor!«
Daddeldu liebte solch freie, herzhafte Reden,
Deswegen beschenkte er gleich den König von Schweden.
Er schenkte ihm Feigen und sechs Stück Kolibri
Und sagte: »Da nimm, du Affe!«
Daddeldu sagte nie »Sie«.
Er hatte auch Wanzen und eine Masse
Chinesischer Tassen für seine Braut mitgebracht.
Aber nun sangen die Gäste »Stille Nacht, Heilige Nacht«,
Und da schenkte er jedem Gast eine Tasse
Und behielt für die Braut nur noch drei.

Aber als er sich später mal darauf setzte,
Gingen auch diese versehentlich noch entzwei,
Ohne daß sich Daddeldu selber verletzte.
Und ein Mädchen nannte ihn Trunkenbold
Und schrie: er habe sie an die Beine geneckt.
Aber Daddeldu zahlte alles in englischen Pfund in Gold.
Und das Mädchen steckte ihm Christbaumkonfekt
Still in die Taschen und lächelte hold
Und goß noch Genever zu dem Gilka mit Rum in den Sekt.
Daddeldu dacht an die wartende Braut.
Aber es hatte nicht sein gesollt,
Denn nun sangen sie wieder so schön und so laut.
Und Daddeldu hatte die Wanzen noch nicht verzollt,
Deshalb zahlte er alles in englischen Pfund in Gold.

Und das war alles wie Traum.
Plötzlich brannte der Weihnachtsbaum.
Plötzlich brannte das Sofa und die Tapete,
Kam eine Marmorplatte geschwirrt,
Rannte der große Spiegel gegen den kleinen Wirt.
Und die See ging hoch und der Wind wehte.

Daddeldu wankte mit einer blutigen Nase
(Nicht mit seiner eigenen) hinaus auf die Straße.
Und eine höhnische Stimme hinter ihm schrie:
»Sie Daddel Sie!«
Und links und rechts schwirrten die Kolibri.
Die Weihnachtskerzen im Pavillon an der Mattentwiete
                                        erloschen.
Die alte Abortfrau begab sich zur Ruh.
Draußen stand Daddeldu
Und suchte für alle Fälle nach einem Groschen.
Da trat aus der Tür seine Braut
Und weinte laut:
Warum er so spät aus Honolulu käme?
Ob er sich gar nicht mehr schäme?
Und klappte die Tür wieder zu.
An der Tür stand: »Für Damen«.

Es dämmerte langsam. Die ersten Kunden kamen,
Und stolperten über den schlafenden Daddeldu.

Der geschmückte Baum

Das norddeutsche Weihnachtsfest mit seinem Tannenbaum ist in den Novellen von Theodor Storm immer wieder und am detailreichsten beschrieben worden. Der Flitterschmuck, die Vögel und andere Tiere, die Dekorationen aus Marzipan und Tragant, einer Zuckermasse, die Papierketten, manchmal vergüldet, und die Wachskerzen – nichts wurde vergessen. Dazu gehört die Vorfreude, mit der Theodor Storm, der Hausvater, mit den Seinen das bastelte, was es damals ohnehin nicht zu kaufen gab. Und wenn Storm durch die politischen Entwicklungen in seiner dänisch gewordenen Heimat von dort vertrieben in der Fremde leben und Arbeit suchen musste, so stiegen um Weihnachten herum die altvertrauten Bilder in seiner Erinnerung auf und steigerten seine Sehnsucht nach der grauen Stadt am grauen Meer.

Theodor Storm

Unter dem Tannenbaum

Da klingelte draußen im Flur die Glocke, und die Haustür wurde polternd aufgerissen. »Wer ist denn denn das?« sagte Frau Ellen; und Harro lief zur Tür und sah hinaus. Draußen hörten sie eine rauhe Stimme fragen: »Bin ich denn hier recht beim Herrn Amtsrichter?« Und in demselben Augenblicke wandte auch der Knabe den Kopf zurück und rief: »Knecht Ruprecht, Knecht Ruprecht!«

Dieser nahm sein Gepäck und einen schweren Quersack von der Schulter, wünschte allen ein frohes Fest und schritt in die dunkle Nacht hinaus. Harro machte sich sogleich daran, den Quersack aufzubinden.

Mit leuchtenden Augen brachte er einen flachen, grün lackierten Kasten geschleppt. »Horch, es rappelt!« sagte er; »es ist ein Schubfach darin!« Und als sie es aufgezogen, fanden sie wohl ein Schock der feinsten, weißen Wachskerzchen.

»Das kommt von einem echten Weihnachtsmann«, sagte der Amtsrichter, indem er einen Zweig des Baumes herunterzog, »da sitzen schon überall die kleinen Blechlampetten!«

Aber es war nicht nur ein Schubfach in dem Kasten; es war auch obenauf ein Klötzchen mit einem Schraubengang. Der Amtsrichter wußte Bescheid in diesen Dingen; nach einigen Minuten war der Baum eingeschroben und stand fest und aufrecht, seine grüne Spitze fast bis zur Decke streckend.

Die alte Magd hatte ihre Schüssel mit Äpfeln und Pfeffernüssen stehenlassen; während die anderen drei beschäftigt waren, die Wachskerzen aufzustecken, stand sie neben ihnen, ein lebendiger Kandelaber, in jeder Hand einen brennenden Armleuchter emporhaltend. – Sie war aus der Heimat mit herübergekommen und hatte sich von allen am schwersten in den Brauch der Fremden gefunden. Auch jetzt betrachtete sie den stolzen Baum mit mißtrauischen Augen. »Die goldenen Eier sind denn doch vergessen!« sagte sie. Der Amtsrichter sah sie lächelnd an: »Aber, Margret, die goldenen Tannäpfel sind doch schöner!« »So, meint der Herr? Zu Hause haben wir immer die goldenen Eier gehabt.« Darüber war nicht zu streiten; es war auch keine Zeit dazu.

Harro hatte sich indessen schon wieder über den Quersack hergemacht. »Noch nicht anzünden!« rief er, »das Schwerste ist noch darin!«

Es war ein fest vernageltes, hölzernes Kistchen. Aber der Amtsrichter holte Hammer und Meißel aus seinem Gerätkästchen; nach ein paar Schlägen sprang der Deckel auf, und eine Fülle weißer Papierspäne quoll ihnen entgegen. – »Zuckerzeug!« rief Frau Ellen und streckte schützend ihre Hände darüber aus. »Ich wittere Marzipan! Setzt euch; ich werde auspacken!« Und mit vorsichtiger Hand langte sie ein Stück nach dem anderen heraus und legte es auf den Tisch, das nun von Vater und Sohn aus dem umhüllenden Seidenpapier herausgewickelt wurde.

»Himbeeren!« rief Harro, »und Erdbeeren, ein ganzer Strauß!«

»Aber siehst du es wohl?« sagte der Amtsrichter, »es sind Walderdbeeren; so welche wachsen in den Gärten nicht.«

Dann kam, wie lebend, allerlei Geziefer; Hornissen und Hummeln und was sonst im Sonnenschein an stillen Waldplätzen umherzusummen pflegt, zierlich aus Tragant gebildet, mit goldbestäubten Flügeln; nun eine Honigwabe – die Zellen mochten mit Likör gefüllt sein –, wie sie die wilde Biene in den Stamm der hohlen Eiche baut; und jetzt ein großer Hirschkäfer,

von Schokolade, mit gesperrten Zangen und ausgebreiteten Flügeldecken. »Cervus lucanus!« rief Harro und klatschte in die Hände.

An jedem Stück war, je nach der Größe, ein lichtgrünes Seidenbändchen. Sie konnten der Lockung nicht widerstehen; sie begannen schon jetzt den Baum damit zu schmücken, während Frau Ellens Hände noch immer neue Schätze ans Licht förderten. Bald schwebte zwischen den Immen auch eine Schar von Schmetterlingen an den Tannenspitzen; da war der Himbeerfalter, die silberblaue Daphnis und der olivenfarbige Waldargus, und wie sie alle heißen mochten, die Harro hier vergebens aufzujagen versucht hatte. – Und immer schwerer wurden die Päckchen, die eins nach dem anderen von den eifrigen Händen geöffnet wurden. Denn jetzt kam das Geschlecht des größeren Geflügels; da kam der Dompfaff und der Buntspecht, ein Paar Kreuzschnäbel, die im Tannenwald daheim sind, und jetzt – Frau Ellen stieß einen leichten Schrei aus – ein ganzes Nest voll kleiner, schnäbelaufsperrender Vögel; und Vater und Sohn gerieten miteinander in Streit, ob es Goldhähnchen oder junge Zeisige seien, während Harro schon das kleine Heimwesen im dichtesten Tannengrün verbarg.

Noch ein Waldbewohner erschien; er mußte vom Buchenrevier herübergekommen sein; ein Eichhörnchen von Marzipan, in halber Lebensgröße, mit erhobenem Schweif und klugen Augen. »Und nun ist's alle!« rief Frau Ellen. Aber nein, ein schweres Päckchen noch! Sie öffnete es und verbarg es dann ebenso rasch wieder in beiden Händen. »Ein Prachtstück!« rief sie; »aber nein, Paul; ich bin edelmütiger als du; ich zeig's dir nicht!«

Der Amtsrichter ließ sich das nicht anfechten; er brach ihr die nicht gar zu ernstlich geschlossenen Hände auseinander, während sie lachend über ihn wegschaute.

»Ein Hase!« jubelte Harro, »er hat ein Kohlblatt zwischen den Vorderpfötchen!«

Frau Ellen nickte: »Freilich, er kommt auch eben aus des alten Kirchspielvogts Garten!«

»Harro, mein Junge«, sagte der Amtsrichter, indem er drohend den Finger gegen seine Frau erhob; »versprich mir, diesen

Hasen zu verspeisen, damit er gründlich aus der Welt komme!«
Das versprach Harro.

Der Baum war voll, die Zweige bogen sich; die alte Margret stöhnte, sie könne die Leuchter nicht mehr halten, sie habe gar keine Arme mehr am Leibe.

Aber es gab wieder neue Arbeit. »Anzünden!« kommandierte der Amtsrichter; und die kleinen und großen Weihnachtskinder standen mit heißen Gesichtern, kletterten auf Schemel und Stühle und ließen nicht ab, bis alle Kerzen angezündet waren.

Der Baum brannte, das Zimmer war von Duft und Glanz erfüllt; es war nun wirklich Weihnachten geworden.

Ein wenig müde von der ungewohnten Anstrengung saß der Amtsrichter auf dem Sofa, nachsinnend in den gegenüberhängenden großen Wandspiegel blickend, der das Bild des brennenden Baumes zurückstrahlte.

Frau Ellen, die ganz heimlich ein wenig aufzuräumen begann, wollte eben die geleerte Kiste an die Seite setzen, als sie wie in Gedanken noch einmal mit der Hand durch die Papierspäne streifte. Sie stutzte. »Unerschöpflich!« sagte sie lächelnd. – Es war ein Star von Schokolade, den sie hervorgeholt hatte.

»Und, Paul«, fuhr sie fort, »er spricht!« Sie hatte sich zu ihm auf die Sofalehne gesetzt, und beide lasen nun gemeinschaftlich den beschriebenen Zettel, den der Vogel in seinem Schnabel trug: »Einen Wald- und Weihnachtsgruß von einer dankbaren Freundin!«

»Also von ihr!« sagte der Amtsrichter, »ihr Herz hat ein gutes Gedächtnis.«

Eier im Weihnachtsbaum

Weihnachten ist nicht Ostern, aber Eier gehören doch in den Weihnachtsbaum! Das Ei ist ein zu altes und zu mächtiges Sinnbild, als daß man es an diesem Fest vergessen könnte: ein Sinnbild der Fruchtbarkeit und Vollkommenheit, der ewigen Wiederkehr und dessen, der diesen ruhelosen Kreis auflöste und den Menschen das Himmelreich aufstieß. So sind die Eier, von denen Theodor Storm in seinen Novellen und Briefen immer wieder berichtet, so golden wie alles, was auf den Gottessohn verweist, aber sie haben trotzdem ein irdisches, heidnisches Ende gefunden: Zu Neujahr hat man im Norden Deutschlands die Weihnachtsbäume auf den Hof getragen und nach den goldenen Eiern ein Wettschießen veranstaltet. Das erklärt auch, warum es von diesem Baumschmuck keine Spuren gibt: Im Krach der Schüsse, die die bösen Geister verscheuchen sollten, sind sie zerschellt und zersprungen.

Die Eier wurden ausgepustet, auf einen Stab gesteckt und mit Goldbronze bepinselt. In den Städten hängte man sich im 19. Jahrhundert weiße Watte-Eier in den Baum, meist mit Oblaten oder winzigen Funkelsternchen aus Metall besetzt.

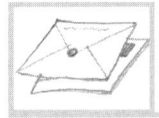 # Herbstling und Eiszäpfel

Matthias Claudius, Dichter und Journalist, hat von 1771 bis 1775 den Wandsbecker Boten herausgegeben, eine literarische Zeitschrift, an der Goethe, Lessing, Herder und andere Berühmtheiten mitarbeiteten und in der Claudius seine eigenen Gedichte und allerlei kuriose Phantastereien veröffentlichte. Er hatte sich einen Vetter, Andres, ausgedacht, dem er Briefe über alles schrieb, was ihm just durch den Kopf flog. Und da er sich seiner Familie, seiner Kinder und all ihrer Feste von Herzen freute, hatte er sich wie Theodor Storm die Tradition durch eigene Einfälle bereichert. Ein Beispiel, dem man nicht nur zu Weihnachten folgen sollte.

»Hab eine neue Erfindung gemacht ...«

Matthias Claudius an Andres

Hab eine neue Erfindung gemacht, Andres, und soll Dir hier so warm mitgeteilt werden.

Du weißt, daß in jeder gut eingerichteten Haushaltung kein Festtag ungefeiert gelassen wird und daß ein Hausvater zulangt, wenn er auf eine gute Art und mit einigem Schein des Rechts einen neuen an sich bringen kann.

Gestern aber, wie das mit den Erfindungen ist: man findet sie nicht, sondern sie finden uns, gestern, als ich im Garten gehe und an nichts denke, schießen mir mit einmal zwei neue Festtage aufs Herz, der Herbstling und der Eiszäpfel, beide gar erfreulich und nützlich zu feiern.

Der Herbstling ist nur kurz und wird mit Bratäpfeln gefeiert. Nämlich: wenn im Herbst der erste Schnee fällt, und darauf muß genau achtgegeben werden, nimmt man soviel Äpfel, als Kinder und Personen im Hause sind, und noch einige darüber,

damit, wenn etwa ein dritter dazu käme, keiner an seiner quota gekürzt werde, tut sie in den Ofen, wartet, bis sie gebraten sind, und ißt sie dann.

So simpel das Ding anzusehen ist, so gut nimmt sich's aus, wenn's recht gemacht wird. Daß dabei allerhand vernünftige Diskurse geführt, auch oft in den Ofen hineingeguckt werden muß etc., versteht sich von selbst.

Der Eiszäpfel will nun wieder ganz anders traktiert sein und hat seine ganz besonderen Nücken. Mancher denkt wohl: wenn er Eiszapfen am Dach sieht, könne er nur gleich anfangen zu feiern; aber weit gefehlt, es wird mehr dazu erfordert. Der Eiszäpfel kann durchaus ohne einen Schneemann nicht gefeiert werden, und dazu muß erst Schnee sein und Tauwetter kommen, daß der Schneemann gemacht werden kann, und wenn er gemacht ist und vor dem Fenster steht, muß es wieder frieren,

124

daß Eiszapfen am Dach werden, einer halben Elle lang, nicht länger und nicht kürzer usw. Das sind die Präliminar-Artikel und die conditio sine qua non.

Was sagst du nun? Gelte, das ist'n intrikates Fest! Es geht auch mancher Winter darüber hin, ohne daß eins zustande kommen kann. Wenn nun aber obige Umstände alle eingetreten sind und sonst kein merkliches Hindernis im Wege ist, so kannst du denn zwischen drei und vier Uhr nachmittags das Fest angehen lassen, das NB. von Anfang bis zu Ende mit trockenem Munde gefeiert wird. Nach vier, wenn's dunkel worden, wird eine Laterne in den hohlen Kopf des Schneemanns getan, daß das Licht durch die Augen und den Mund herausscheint – und denn geht groß und klein auf und ab im Zimmer und sieht aus dem Fenster unter den Eiszapfen hin nach dem Schneemann und denkt dabei an einen andern Schneemann, ein jeder, nach dem ihm der Schnabel gewachsen ist, und das ist der höchste Moment der Feier.

Lebe wohl, lieber Andres, und feire fleißig alle Festtage und heilige Abende, bis der rechte heilige Abend anbricht.

Den 3. Oktober 1782   Dein etc.

Walter Borchers

Quempas-Singen

Aus der Zeit vor der Reformation stammt das Quempassingen, das in Ostpommern, in Dramburg, Falkenburg, Rummelsburg noch in schönster Blüte steht. Schon lange vor Weihnachten üben die Kinder das Quempassingen, das Lied:

> Quem pastores laudavere,
> den die Hirten lobten sehre.
> Quibus angele dixere:
> und die Engel noch vielmehre.
> Absit vobis jam timere,
> Fürcht't euch fürbaß nimmermehre;
> Natus est rex gloriae,
> Euch ist g'born ein König der Ehr'n usw.

Es wird mehrchörig im Wechselgesang lateinisch und deutsch in der Kirche gesungen. Ein wundersames Bild bietet sich oft dar, wenn man die Kinder ihre selbstgeschriebenen und bunt bemalten Quempashefte – oft köstliche Beispiele wahrer und echter Volkskunst – und brennende Kerzen in den Händen halten sieht und singen hört. Dieser hübsche Brauch ist im Osten Deutschlands stark verbreitet, von Schlesien herauf bis Ostpreußen. In den großen Städten ist er allmählich ausgestorben, zum Teil verboten worden, wie in Berlin, wo er 1739 durch ein Edikt Friedrich Wilhelms I. untersagt wurde.

Neben dem Quempassingen ist als schöner christlicher Weihnachtsbrauch in Pommern die Christmette noch zu erwähnen, besonders aus dem südlichen Ostpommern. Im feierlichen Umzug werden von der lichter- und leuchtertragenden Gemeinde Kirchenschiff und Altar umzogen. Die Orgel beginnt ihr Spiel und Gesang hebt an. Chöre, Gemeinde und Geistlicher antworten einander im Wechselgesang. Die Liederfolge ist genau festgelegt. Die Christmettenleuchter, mit denen man in der Kirche erscheint, sind gedrechselte Standleuchter mit kreis-

126

rundem Fuß, geschwungenen Armen, bunt bemalt oder einfach dunkel gestrichen. Sie werden von Geschlecht zu Geschlecht vererbt.

Die Christmette, wie sie zum Beispiel in Dramburg gefeiert wird, ist in dieser Form in Vorpommern unbekannt. Wird uns doch von einem tollen Treiben in der Christnacht »in der Christmessen« aus Stralsund im ausgehenden Mittelalter erzählt, daß Jungen in Hirtenkleidung im Gotteshause herumliefen, Schäferhunde bei sich hatten, ein Schaf oder einen Ziegenbock leiteten und sich an einer Stelle der Kirche essend und trinkend niederließen, andere wiederum auf der Orgel, der Kanzel und dem Gestühl sich herumtummelten, anstatt zu musizieren und zu singen, und ungeheuren Lärm verursachten und sich ungebührlich benahmen. Mannigfache Gestalt hat das Weihnachtsbrauchtum angenommen, denken wir nur an die Adventsleuchter, -kronen, -spinnen, an die Weihnachtsbäume und Pyramiden, an die Weihnachtslarven und Tiermasken, an das Weihnachtsgebäck und die Weihnachtskrippen.

Noch gibt es in Pommern Familien, die den Weihnachtsbaum, den Nadelbaum, ablehnen und nur die lichterbrennende und sich drehende bunt ausstaffierte und mit Krippenfiguren geschmückte Flügelpyramide zu Weihnachten gelten lassen, so z. B. im Kreise Cammin. Erstaunlich, wieviel Formen und Abarten von Weihnachtspyramiden in Pommern zu beobachten sind, neben dem aus Tonnebügeln gefertigten Baum von der Insel Hiddensee die drehbare Wolliner Flügelpyramide, deren kreisrunde Bügel mit grünem, geschnittenem Papier umwunden sind, um Buchsbaumnadeln vorzutäuschen oder nachzuahmen, ferner die gedrechselte und polierte kreisrunde und sich nach oben verjüngende Naugarder Pyramide und schließlich pyramidenförmige Gestelle mit Lichterarmen aus den Kreisen Pyritz, Saatzig, Cammin und Köslin. Wer weiß, was alles noch im Verborgenen vorhanden ist.

Weihnachtskrippen kommen in Norddeutschland im Gegensatz zu Süddeutschland weniger häufig vor, und wenn, so sind sie einfacher und nüchterner als die zu barocker Prachtentfaltung drängenden katholischen Krippen in Bayern und Schwaben.

Typisch für Vor- und einen kleinen Teil Mittelpommerns, ebenso für Schweden, ist das sogenannte Julklappwerfen am Weihnachtsabend. Der Gebrauch des Julklappwerfens anstatt des in Deutschland gebräuchlichen Weihnachtsschenkens ist eine nordische, in der skandinavischen Halbinsel gebräuchliche Sitte. Der Julklapp wird folgendermaßen geworfen: am Heiligen Abend vor Weihnachten, wenn es dunkel geworden ist, verbirgt man ein Geschenk mit Hinzufügung der schriftlichen Namensbezeichnung desjenigen, der es erhalten soll, in irgendeiner oder mehreren Hüllen, wirft es mit dem Ausdruck »Julklapp« draußen vor die Stubentür oder läßt es werfen. Darauf entfernt sich aber der Werfer so schleunig, daß ihn der die Tür öffnende Empfänger nicht mehr trifft. Dieser öffnet sodann den Julklapp und sucht, wenn er sieht, daß sein Name ihn als Beschenkten bezeichnet, aus den Umständen oder der Unterschrift den Schenker zu erraten. –

Horst Weimann

Bruno und Pulle

Bruno war ein zwölfjähriger pommerscher Junge, und Pulle war eine junge Gans. Beide hatten Freundschaft miteinander geschlossen. Von Bruno und Pulle weiß ich eine Geschichte, die ich schon lange einmal erzählen wollte. Ich habe diese Geschichte von Bruno selbst erfahren, denn ich war drei Jahre lang sein Lehrer.

Das Dorf, in dem Bruno mit seiner Großmutter in einer halbverfallenen Kate lebte, gehörte wohl zu den ärmsten im weiten Umkreis. Schlechtes Bruchland, auf dem keine Kühe gehen konnten, von Gehölzen und Wässerchen durchsetzt, ließ eben nur die Gänsehaltung zu. Denn alle Gänse auf der weiten Welt, die Wild- und Moorgänse wie die Hausgänse, lieben gerade solche Weiden mit viel Wasser. Nun können Gänse aber auch nur ein einziges Mal im Jahre geschlachtet werden – also kam auch nur einmal im Jahr – so im November und Dezember – Geld ins arme Dorf.

In seinem elften Lebensjahr war Bruno zu einem bedeutenden Posten gekommen, er wurde Gänsehäuptling. Wenn die

anderen Kinder mit Schüsseln und Eimern in die unermeß-
lichen blauen Wälder zu ziehen begannen, um die Ernte des
Waldes – Bick- und Himbeeren, Preisel- und Brombeeren – zu
sammeln, dann mußte Bruno daheimbleiben und trieb mit seiner weißen, schnatternden, zischenden Schar nach den Bruch-
weiden. Das war eine schwere Aufgabe, denn die Dorfleute
machten ordentlich Spektakel, wenn ihnen mal eine Gans ab-
ging. Da mußte Bruno höllisch aufpassen. Nach der Ernte – ja
– dann war alles leichter. Wenn das Gut seine Garben abgefah-
ren hatte, durfte Bruno mit den Gänsen auf die Stoppeln. Da
gab's genug vor den Schnabel, und geruhsam graste die Herde
Schritt vor Schritt.

Für diese Arbeit erhielt Bruno zu Weihnachten zwei Gänse
als Deputat, die er sich aussuchen durfte, und mit denen er machen konnte, was er wollte.

In Brunos zwölftem Lebensjahr war der dürre Schmalhans
gerade wieder einmal Küchenmeister in der Großmutter-Kate
und rührte schon wochenlang immer im gleichen wässerigen
Rübenmus herum. Bruno bekam abwechselnd eine Gänsehaut,
wenn er an das trostlose Weihnachtsfest dachte, das immer
näher heranrückte. Aber das hatte er sich doch fest vorgenommen: Eine von den zwei Gänsen sollte geschlachtet werden;
und bei dem Gedanken an dieses beste Essen im Jahr lief ihm
das Wasser im Munde zusammen vor Erwartung.

Eine Woche vor Weihnachten war es soweit. Bruno kam mit
seinen zwei Gänsen unterm Arm heim. Daß er Pulle genommen hatte, war ja klar. Pulle und Bruno hatten im Sommer auf
den Weiden und Stoppeln eine ganz unzertrennliche Freundschaft geschlossen. Pulle fraß Bruno aus der Hand. Pulle ge-
horchte aufs Wort. Pulle kuschelte sich unter Brunos Arm,
wenn er ein Nickerchen unter einem Baum machte. Pulle war
eigentlich gar keine Gans. Pulle war ein Kamerad, jawohl.
Bruno hatte wohl tausendmal so mit ihr gesprochen:»Du wirst
nicht geschlachtet werden, liebe Pulle, deine Brust und deine
Keulen werden nicht geräuchert werden; darauf kannst du
dich verlassen. Ich gebe dir mein Wort. Dafür sorge ich, Bruno,
der Gänsehäuptling.«

Dann hatte Pulle bestätigend geschnattert.

Eigentlich wollte Brunos Großmutter ja beide Gänse verkaufen. »Wir brauchen dringend die paar Taler zu Weihnachten, Bruno«, sagte sie, »wir müssen für dich ein Paar Strümpfe kaufen und sonst noch so allerlei. Ein Tannenbaum muß doch auch sein, und von meiner Rente bleibt ja nichts nach.«

Aber Bruno schüttelte immer wieder den Kopf: »Da wird nichts daraus, Oma; eine Gans wird geschlachtet. Wir wollen Weihnachten ein gutes Essen haben und satt werden. Darauf freue ich mich doch schon das ganze Jahr. Für Strümpfe bekomme ich wohl Wolle vom Verwalter, wenn ich beim Scheren die Schafe halte. Und der Förster hat mir ein Bäumchen versprochen, weil ich nie eine Gans verloren habe. Die roten und weißen Rosen für den Tannenbaum drehst du doch so schön über der Stricknadel. Pulle aber bleibt auf jeden Fall leben. Ich werde brüllen und schreien und nie mehr Gänse hüten, wenn Pulle weg muß.«

Es muß ja nun gesagt werden, daß Bruno nichts unterm Weihnachtsbaum liegen gehabt hat. Aber am Heiligen Abend aßen sie doch das Gänseklein vorneweg, und am ersten Weihnachtstag kamen die Keulen hinterher, und bis Silvester hatten sie gut davon. Bruno schnupperte noch tagelang dem süßen Apfeldunst nach, denn Äpfel hatte die Gans beim Schmoren im Bauch gehabt.

Als nun das Frühjahr erschien – da war Bruno aber froh. Denn oft noch hatte er um Pulle gezittert, und ihr Leben hatte am seidenen Faden gehangen, wenn das Feuerholz alle war und die Rüben nicht mehr zum Mus für die Menschen reichten. Aber für alle diese Sorgen zeigte Pulle ein großes Verständnis. Denn schon im Januar fing sie mit dem Legen an, gewöhnliche Gänse tun das bekanntlich erst Ende Februar oder Anfang März. Ein um den andern Tag lag ein frisches Ei im Nest, Bruno konnte sogar eine Zeitlang Bruteier verkaufen. Als Pulle brutlüstern wurde, baute Bruno ihr ein kunstfertiges Nest aus Ziegelsteinen, das er innen auspolsterte. In die Nähe legte er geschnittenes Grün, Gerste und Hafer. Junge Gänse sind ja sonst etwas unzuverlässig beim Brüten, aber bei Pulle war so eine Pflichtvergessenheit ganz ausgeschlossen.

Dreizehn allerliebste Gössel waren es denn ja auch, die

Bruno mit gehackten Eiern und angefeuchtetem Weißbrot über die ersten mutterlosen Tage brachte. Um diese vielen Hühnereier zu bekommen, hatte Bruno drei volle Tage auf dem Hofe gearbeitet. Der Verwalter war nämlich Brunos Freund und gab dem tapfern Kerl jedesmal Arbeit, wenn Bruno darum vorsprach. – In der Gänsezucht war Bruno Fachmann. Er wußte, daß feuchtes und tauiges Gras gefährlich ist, solange die Gänslein noch keine Federn haben. Er wußte, wann gequetschte Kartoffeln not taten. Pünktlich begann er mit der Vormast, gab Kartoffeln, Kleie und Mohrrüben, dann folgte die kurze Hauptmast mit täglich frischem Stroh, mit Gerste »fürs Fleisch« und Mais »fürs Fett«. Jeden Nachmittag, wenn die Schularbeiten fertig waren, arbeitete Bruno beim Lehrer im Garten, beim Pastor im Holz oder auf dem Hofe und ließ sich den Lohn in Rüben, Kartoffeln und Getreide auszahlen.

Ohne daß Bruno seine Gänseschar mit »Stopfen« und »Nudeln« zu quälen brauchte, hatte er sie um Weihnachten auf 14 Pfund gebracht.

Da war es an der Zeit, so ganz nebenbei mit der Großmutter ein Gespräch anzufangen: »Tja, Oma, nun wird es ja bald wieder Weihnachten. Mußt du nicht so ein großes Umschlagtuch mal dringend haben, mit langen Fransen dran, wie es alle alten Frauen tragen, wenn sie zur Kirche gehen?«

»Aber Junge«, sagte die Großmutter, »das kostet doch viel Geld. Wo soll das wohl herkommen?«

Da antwortete Bruno und rieb sich dabei die hornigen Schwielen an den Händen: »Das ist ja diesmal nun etwas anders, weißt du, Pulle ist ja letzte Weihnachten leben geblieben. Ich wollte eigentlich diesmal so Stücker 10 Gänse verkaufen. Bringt so um 16 Mark herum für eine Gans, macht 160 Mark für 10 Stück. Davon fiele ja wohl ein Umschlagtuch ab. Eine Gans wollen wir essen. Zwei und Pulle sollen leben bleiben.«

Am Heiligen Abend lag unterm Tannenbaum ein wunderschönes, gestricktes Einhülletuch für die Großmutter.

Ich selbst habe es aus der Kreisstadt mitgebracht. Und als Bruno drei Tage vor Weihnachten in einer Pause das Geld dafür aus seiner Hosentasche kramte, da hat er mir die Sache mit Pulle erzählt.

Am Heiligen Abend lief ich noch schnell zu ihm, um ihm heimlicherweise das Paket zuzustecken. Ich traf ihn mit der Laterne im Stall an. Er fütterte die Gänse. »Gucken Sie mal, Herr Lehrer«, sagte er, »das hier ist Pulle. Ich füttere schnell noch mal, denn Heiligabend hat Vater, als er noch lebte, das auch immer so gemacht, zweimal gefüttert. Das gehört sich so, hat er gesagt.«

Mir scheint, Bruno hatte das Zeug in sich, ein tüchtiger Mensch zu werden.

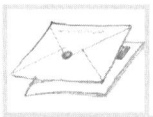 # Verdammtes Hamburg

Moses Moser, Bankier und Philosoph, war Hamburg durch die Gemeinschaft im Berliner »Verein für Kultur und Wissenschaft der Juden« verbunden und so mit Heinrich Heine befreundet, dass dieser sich in seinen Briefen an ihn alles von der Seele schreiben konnte: wie er Hamburg hasste und liebte, wie er zwischen zwei großen Texten – der eine über die »Nordsee« – in der Klemme steckte, wie er, der sich in diesem Jahr protestantisch hatte taufen lassen, das erste christliche Weihnachtsfest erlebte. Nämlich genauso widerwillig und kritisch, wie es eigentlich erst im kommenden Jahrhundert üblich wurde.

Weihnachtsbrief an einen Freund

Heinrich Heine an Moses Moser

Verdammtes Hamburg d 14 Dez. 1825.

Theurer Moser! Lieber gebenedeiter Mensch!
… Da sitz ich nun auf der Abcstraße, müde vom zwecklosen Herumlaufen, fühlen und denken, u draußen Nacht u Nebel u höllischer Spektakel, und groß und klein läuft herum nach den Buden um Weihnachtsgeschenke einzukaufen. Im Grunde ist es hübsch, daß die Hamburger schon 1/2 Jahr im Voraus dran denken wie sie sich zu Weihnacht beschenken wollen. Auch du lieber Moser sollst dich über meine Knickrigkeit nicht beklagen können, u da ich just nicht bey Casse bin u dir auch kein ordinäres Spielzeug kaufen will, so will ich dir etwas ganz apartes zum Weihnacht schenken, nemlich das Versprechen: daß ich mich vor der Hand noch nicht todtschießen will.

Wenn du wüßtest was jetzt in mir vorgeht, so würdest du einsehen daß dieses Versprechen wirklich ein großes Geschenk ist, und du würdest nicht lachen, wie du es jetzt thust, sondern du würdest so ernsthaft aussehen wie ich in diesem Augenblicke aussehe ...

Lebe wohl, schreib mir bald Antwort, und sey überzeugt daß ich dich liebe u sehr verdrießlich bin.

Dein ganzer Freund   H. Heine.

 ## Zwei Märchen von Engeln und dem Mann im Mond

Der Mann im Mond

In der Zeit, als noch das Wünschen half, stahl einmal ein Mann am Weihnachtsabend Kohl aus dem Garten seines Nachbars.

Eben wollte er mit der vollen Hucke davongehen, da wurden die Leute seiner gewahr und verwünschten ihn in den Mond. Da ist er ganz deutlich bei Vollmond zu sehen, wie er in Ewigkeit die Kohlhucke tragen muß. An jedem Weihnachtsabend soll er sich einmal umkehren. Andre sagen, daß er Weidenzweige gestohlen habe und sie nun in Ewigkeit tragen müsse. (Dithmarschen)

Auf Sylt erzählt man, er sei ein Schafdieb gewesen, der mit

einem Kohlbüschel fremde Schafe an sich gelockt habe, bis er zur ewigen Warnung für andre in den Mond versetzt worden sei, wo er noch immer seinen Kohlbüschel in der Hand hält.

Die Walnüsse

In einer Neujahrsnacht trat ein Engel zu dem Nachtwächter eines Dorfes bei St. Margarethen und führte ihn zu einer großen Kiste mit zwei Schiebladen. Beide waren voll von Walnüssen, und der Engel befahl dem Nachtwächter, aus jeder einige zu nehmen. Der Nachtwächter nahm welche, aber da fand er, als er sie öffnete, daß die Nüsse aus der obern Lade alle taub waren, die aus der untern aber den schönsten Kern enthielten. Verwundert fragte er den Engel nach der Ursache, und der Engel antwortete:»Bald kommt das Ende der Welt! Von außen sehen sich alle Menschen gleich, aber wenn der jüngste Tag da ist, werden alle Schalen zerbrochen und jedermann wird erkennen, warum der Richter die Nüsse in zwei Schiebladen gebracht.«

Catharina Lüden

Der Föhrer Weihnachtsbaum

Dem Föhrer Weihnachtsbaum möchte ich nun ein besonderes Kapitel widmen, denn seit einigen Jahren hat man ihn wieder entdeckt: den Baum, der gar kein Baum ist, sondern nur ein einfaches Holzgestell, ein etwas sonderbares Gebilde, das auf Föhr seit der Mitte des 19. Jahrhunderts in vielen Haushalten zur Weihnachtszeit auf der Fensterbank zur Freude der Kinder aufgestellt wurde. Oftmals bestand dieser Weihnachtsbaum nur aus einem in drei Teile zerlegten Besenstiel. Das längste der drei ungleichmäßigen Teile diente als Stamm, an dem die anderen Stücke waagerecht befestigt wurden, so daß nun eine Ähnlichkeit mit einem Baum zu erkennen war. In manchen Familien wurden diese »Bäume« aus einem Stück Strandholz angefertigt. Immer wurde der Stamm in einen flachen Holzfuß gesteckt, der meistens nur aus einem dicken Holzbrett bestand, in das man ein Loch gebohrt hatte. An den »Zweigen« dieser Bäume waren kleine Stifte angebracht, daran wurden die Weihnachtsgeschenke gehängt.

Nachdem die Zweige mit Sträußchen von Immergrün, Buxbaum oder Efeu und einigen Kerzen geschmückt waren, kam Kenken (das Christkind) ganz, ganz leise, während die Familie im Zimmer nebenan beim Weihnachtsschmaus versammelt war. Kenken hob eine Scheibe aus den kleinen, bleiverglasten Fenstern, um auf diese Weise den auf der Fensterbank aufgestellten Weihnachtsbaum (friesisch: Kenkenboom) mit den Geschenken zu behängen. Diese Gaben bestanden zur Hauptsache aus Gestaltengebäck, Äpfeln und Ketten aus Rosinen und Backpflaumen. Irgendwelche andere Geschenke waren selten. Hin und wieder kam es vor, daß für die Kinder bestickte Bändchen für die Föhrer Tracht, ein Andachtsbuch oder ein Halstuch neben dem Baum lagen. Geschenke für die Erwachsenen waren nicht üblich.

Für die Kinder war es schon eine große Freude, daß sie einen (!) schulfreien Tag hatten. – Zur Feier des Weihnachtsabends versammelte sich die ganze Familie um den Wohnzimmertisch, wo die Weihnachtsgeschichte aus der Bibel vorgelesen wurde, ein paar Weihnachtslieder aus dem Gesangbuch gesungen und dann als Höhepunkt des Festes der gekochte Schweinskopf und Grünkohl aufgetischt wurde.

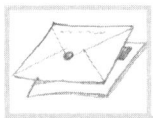

Heiligenstadt, 20. December 1856.
Es wird Weihnachten! Mein ganzes Haus riecht schon nach braunem Kuchen – versteht sich nach Mutters Recept – und ich sitze so zu sagen schon seit einer Woche im Scheine des Tannenbaums. Ja, wie ich den Nagel meines Daumens besehe, so ist auch der schon halbwegs vergoldet. Denn ich arbeite jetzt Abends nur in Schaumgold, Knittergold und bunten Bonbonpapieren; und während ich Netze schneide und Tannen- und Fichtenäpfel vergolde, und die Frauen, d. h. meine Frau und Röschen, Lisbeth's Puppe ausputzen, liest Onkel Otto uns die »Klausenburg« von Tieck vor, oder gibt hin und wieder eine

Probe aus den Bilderbüchern, die Hans und Ernst auf den Teller gelegt werden sollen. Gestern Abend habe ich sogar Mandeln und Citronat für die Weihnachtskuchen schneiden helfen, auch Kardemom dazu gestoßen und Hirschhornsalz. Den Vormittag war ich stundenlang auf den Bergen in den Wäldern herumgeklettert, um die Tannenäpfel zu suchen. Ja, Ihr hättet mich sogar in meinem dicken Winter-Sürtout hoch oben in einer Tannenspitze sehen können. Freilich hatte ich mich vorher gehörig umgesehen; denn der Herr Kreisrichter durfte sich doch nicht auf ganz offenbaren Waldfrevel ertappen lassen.

Jeden morgen, die letzten Tage, kommt der Postbote und bringt ein Päckchen oder einen Brief aus der Heimat oder aus der Fremde von Freunden. Die Weihnachtszeit ist doch noch grade so schön, wie sie in meinen Kinderjahren war.

Wenn nur noch der Schnee kommen wollte; wir wohnen hier so schön einsam zwischen den Bergen, da müßte der Weihnachtsbaum, wenn er erst brennt, prächtig in die Winterlandschaft hinausleuchten ...

24. December Nachmittag.

Den Weihnachtsbaum, der auf der Diele steht und genau bis an die Decke reicht, habe ich bis auf das letzte Fädchen ganz allein hergestellt, außerdem eine schöne Tannenverzierung über dem Sofa, vor welchem nach alter Weise der Teetisch mit den braunen Kuchen steht ... Die Frauen, da sie nichts dabei getan haben, haben mir in die Herrlichkeit garnicht hinein dürfen. Die Teller mit Äpfeln, Nüssen und Kuchen und sehr leckerem, selbst gebackenem Marzipan, die sie für Jeden, auch für sich und mich aufgebaut haben, sind ihnen vor der Tür abgenommen. Constanze ist so vergnügt, wie ich sie am Weihnachtsabend fast noch nicht gesehen habe und auch mir ist friedlich und still zu Mute. Draußen liegt eine wunderschöne Schneelandschaft – es ist äußerst anmutig hier auf dem stillen Weihnachtskämmerchen.

Jetzt, liebe Mutter, wünsche ich Euch herzlich vergnügte Weihnachten.

Euer Theodor.

141

Kurt Gerdau

Der salzwassergetaufte
Weihnachtsbaum

Es dunkelte schon, als ein Bus die 30-köpfige Besatzung des Seitenfängers »Ahrensburg« an Bord brachte, meist eingeborene Oldenburger und eingewanderte Ostfriesen. Vor den Männern mit den aufgerissenen Händen lag die Hoffnung auf Fischermannsglück, hinter ihnen die Erinnerung an viel zu schnell verlebte Tage, von den teuren Nächten ganz zu schweigen. Nach einer letzten eingelegten Bauernnacht zwecks Ausnüchterung verließ der Fischdampfer wenige Tage vor Weihnachten Cuxhaven. Vom Steubenhöft grüßte ein lichtergeschmückter Tannenbaum vorüberziehende Schiffe.

Der bullige Alte auf der Brücke warf mit zerknittertem Gesicht einen raschen Blick hinüber zur Signalstelle. Er nahm die Starkwindgefahr wahr, ohne sich jedoch dazu zu äußern. In dieser Jahreszeit hätten ihn vielleicht sommerliche Temperaturen zu einem kurzen Kommentar verleitet, sicher aber ist auch das nicht, denn der Kapitän bekam die Zähne nicht auseinander.

Auf dem Weg zu den Fanggründen torkelte der leere Fischdampfer wie eine besoffene Flunder durch die grobe See. Davon unbeeindruckt droschen Unentwegte Skat und lutschten Buddelbier, als hinge ihr Seelenheil davon ab. Liebend gern hätte der Alte die Spielkarten über Bord geworfen, denn für das schlechte Wetter kam des »Teufels Gebetbuch« mit seinen 32 Seiten in Betracht. Zu seinem Leidwesen hielten das einige seiner Leute für Aberglauben. Um seine Meinung bestätigt zu sehen, genügte ein Blick hinaus in eine unwirkliche Welt. In den Lichtarmen der Deckscheinwerfer rasten dichte Schneeböen in kurzen Abständen über das Schiff. Gegen die aufgetürmten Seen boxte sich die »Ahrensburg« viel zu langsam vorwärts. Und vor der eisigen, sturmumtobten Küste Westgrönlands sah es nach den aufgefangenen Wetterberichten nicht besser aus. Eine schöne Weihnachtsreise!

Der fast 60-jährige Kapitän, und er fühlte sich kein Jahr jünger, hatte in seinem Altenbrucher Häuschen erwogen, sich krankzumelden, um Weihnachten zu Hause verbringen zu können. Kind, Weib und Kegel hatten ihm eifrig zugeredet; aber über den Gedanken war er nicht hinausgekommen. Nun bereute er, was ihn noch ungesprächiger machte, als er eh war. Einen Tag später meldete sich über Funksprech sein Kollege von der »Nordenham« mit einer wichtigen Nachricht. Er hatte den von der »Ahrensburg« in Cuxhaven vergessenen Weihnachtsbaum an Bord und wollte ihn loswerden. Anordnung von oben! An so einen Schietkrom dachten die Leute der Reederei, aber nicht, seine Fangprämie zu erhöhen. Als der Kollege weiter auf ihn einredete, gab er den Hörer an seinen Steuermann weiter.

Kurz vor Mittag lagen beide Fischdampfer auf Rufweite zusammen. Näher heranzugehen ließ die grobe See nicht zu. Die »Ahrensburg« setzte ein Schlauchboot aus, das zwar wie im Fahrstuhl auf und ab fuhr, aber relativ rasch auf die »Nordenham« zutrieb. Von Deck aus warfen zwei Leute den vergessenen Baum ins Boot. Weil das sperrige Stück die Paddler behinderte, befestigten sie einen Tampen am Baum und schleppten ihn hinterher. Der Anhang bremste die Fahrt des Schlauchbootes in der aufgewühlten See; aber Aufgeben kam für die Männer nicht in Frage. Der Baum musste an Bord. Am liebsten hätte der Alte das Spektakel abgebrochen; aber dazu war es zu spät. So verschwand er mundfaul ohne Erklärung von der Brücke und legte sich in seiner Kajüte auf das Sofa. Warum nur hatte er sich nicht krankgemeldet, einmal in fünf Jahren? Damals hatte er sich ein Bein an Bord gebrochen und war ins Krankenhaus geflogen worden; aber krank war krank, und nur das zählte.

Er kam erst wieder auf die Brücke, als er am Maschinengeräusch hörte, dass die »Ahrensburg« volle Kraft lief, das Manöver abgeschlossen war.

Am Heiligabend versammelte sich das wachfreie Personal in der Messe. Die See hatte ein Einsehen und wollte nicht als Spielverderber gelten. In der leichten Dünung schaukelte der Fischdampfer sachte wie eine Möwe auf der Alster. Im ganzen

Achterschiff roch es nach Äpfeln und Lebkuchen, nach Marzipan und Rum. Auf der Back standen die großen, dampfenden Groggläser, die alsbald die Zungen lockerten. Erinnerungen wurden ausgetauscht wie Kleingeld. Ausnahmsweise hatte der Smutje keinen leckeren Fisch zubereitet, sondern die in Cuxhaven vom Provianthändler gelieferten Gänse. Der Abend zog sich bis spät in die Nacht hinein, mit einem Weihnachtsbaum, der schwach beleuchtet aussah, als läge ein Hauch von Reif auf allen Ästen und Nadeln. Keiner hatte daran gedacht, den salzwassergebadeten Baum mit Frischwasser abzuspülen. Nach dem Trocknen im überheizten Raum glitzerten nun die Salzkristalle und machten ein Schmücken des Baumes nicht notwendig. In der Messe der »Ahrensburg« stand seefest gezurrt ein weißer Tannenbaum, und begeistert sangen die Männer mit den rauhen Stimmen: »Du grünst nicht nur zur Sommerzeit,

nein auch im Winter, wenn es schneit ...«Alles, was dem Alten einfiel, als er den merkwürdigen Weihnachtsbaum begutachtete, war: »Man lernt nie aus!«

Trotz dieser Erkenntnis nahm er sich vor, die nächsten Weihnachten an Land zu bleiben, wo eh die besten Kapitäne zu finden sind; aber das ist eine andere Geschichte ...

Berend Goos

Die Freudenzeit der Kinder

Schon drei Wochen vor dem Feste begann die Freudenzeit für uns Kinder; da fingen zu Hause die Vorbereitungen zum Kuchenbacken an, und dies spielte in damaliger Zeit eine gar wichtige Rolle, namentlich bei meiner Mutter, und das muß wahr sein, ihre braunen Kuchen, feine sowohl als grobe, waren delikat. Den Anfang machte das Abhülsen und das Zerschneiden der Mandeln, der Sukkade und der Zitronenschalen, wobei nicht allein wir Kinder, sondern auch alle dem Hause nahestehenden Personen, Näherin, Scheuerfrau usw. helfen mußten, und am Abend vor dem Backen begaben wir uns allesamt nach der Küche, um das Anrühren des Teiges mit anzusehn, wohl auch mit zu helfen. Einer hielt die am Herde aufgestellte Mulde, in welche dann die Ingredienzien, als da sind: Mehl, Sirup, Mandeln, Rosen- und Kaneelwasser nebst Hirschhornsalz und die übrigen gewürzigen Zutaten, geschüttet wurden, und ein anderer rührte mit einem ruderförmigen Holze aus Leibeskräften die Masse zum gleichförmigen Teige, und es war in der Tat keine leichte Arbeit, diese zähe Substanz zu bewältigen.

Am anderen Morgen früh mußte dann unsere alte Köchin Cathrin mit dem während der Nacht unter seinem warmen Federkissen schön *gegangenen* Teige zum Bäcker, und des Nachmittags kam sie mit zwei Bleicherkörben voll brauner Kuchen zurück; die feinen mit einem Sukkadeblättchen, die groben mit einer Mandel bezeichnet. Ei, und wie dufteten sie, und nachher, wie schmeckten sie erst, – schade nur, daß so viele von diesen süßen Weihnachtsboten in die Fremde wandern mußten; denn das stand einmal fest, jedes mit uns befreundete Haus bekam ein oder zwei Dutzend zum Geschenk, und außerdem mußten noch Scheuerfrau, Näherin, Zeugausklopfer, Dienstmädchen und Gott weiß wer sonst davon ihren Anteil haben. (...)

Es zeichneten sich als Weihnachtsausstellungen in meiner Jugend vorzüglich die der Konditoreien aus, mit ihren oft wunderhübsch ausstaffierten Schlittschuhbahnen, Winterlandschaften oder eingeschneiten Schlössern u. dgl., und vorzüglich brillierte in dieser Hinsicht der Konditor Hellberger im Alten Jungfernstieg, dessen Laden zu besuchen uns gewöhnlich, wenn wir sonntags bei meinem Großvater waren, erlaubt wurde, was für uns zu den schönsten Genüssen gehörte. Dann waren aber auch die sogenannten Weihnachtshäuser, Etablissements, wie sie noch heutzutage bei Schultz am Gänsemarkt oder Alois Busch am Alten Wall anzutreffen sind, von besonderem Reiz für die Jugend. Der Name Werlich, das bedeutendste Institut dieser Art, rief das freudigste Entzücken hervor. Es lag in der Großen Johannisstraße, und vom *Breiten Giebel* – vor dem Feuer von 1842 eine sehr frequente Straße – sah man schon dessen erleuchtete Fensterreihen, nur verdunkelt durch höchst anziehende Schattenrisse von Tschakos, Fahnen, Puppenköpfen u. dgl., und der Besuch desselben war der Glanzpunkt bei unserer damaligen Domwanderung, die mit dem Durchziehen der im Dreieck aufgestellten Budenreihen des Gänsemarktes anfing. Aber was wir in solcher Domwanderung in Begleitung von Mutter, Verwandten oder sonst zu unserer Beaufsichtigung Angestellten als Geschenk erbeuteten, z. B. eine Teufelsklaue, ein Geduldspiel oder eine alte Dame, die mit Leidenschaft, vermöge einer untergestellten Räucherkerze, aus der Pfeife raucht, war das wenigste; der Hauptreiz bestand in der Ahnung von dem, was unsern Blicken ängstlich entzogen ward, aber aus den heimlichen Gesprächen unserer Eltern mit den Verkäufern merkten wir's bald genug, wenn es der Abschließung eines Handels zu Gunsten unserer Weihnachtsbescherung galt. Die während der Schulzeit später ins Haus geschickten Pakete aber wußte meine Mutter unsern Blicken schon zu entziehen, auch wurden die Haupteinkäufe von ihr an Vormittagen allein besorgt. Viel Interesse erweckte auch noch in dieser Zeit die Packung einer Weihnachtskiste für die Verwandten in Friedrichstadt. Die verschiedenen Geschenke wurden sorgfältig emballiert, die übriggebliebenen Zwischenräume mit Zitronen vollgestopft und endlich das noch Fehlende mit Häcksel vollgeschüttet.

Der Tag vor Weihnachten, an dem unsere Schule schon ge-

147

schlossen war, konnte als der spannendste vom ganzen Feste angesehen werden. Die Wohnstube war alsdann für alle, Mutter ausgenommen, unzugänglich, und wir anderen wurden in der Hinterstube zusammengepfercht, auch durften wir ohne vorherige Erlaubnis die Diele nicht betreten, um nicht etwa dem Transport der Geschenke von oben herunter zu begegnen. Um mich desto sicherer und ruhiger zu halten, waren mir von meinen Schwestern schon am Vormittag ihre Geschenke ausgehändigt, welche etwa in einer Schachtel Bleisoldaten, einer Messingkanone, Bilderbögen ect. bestanden, auch kamen um diese Zeit die Geschenksendungen von den Geschwistern meiner Mutter, bei denen mitunter auch für mich sich eine Beilage befand. Wenn also ein höchst sauber gekleidetes Dienstmädchen mit ihrem verdeckten Korbe in die Haustür trat, so kann man sich die Spannung und Freude denken, mit der sie eingelassen ward. So weiß ich mich noch sehr gut zu erinnern, welch große Freude mir einige vortreffliche Pferdelithographien von Carl Vernet, die mein Onkel Paulus für mich zum Nachzeichnen bestimmt hatte, verursachten; die Blätter besitze ich noch jetzt.

So wie nun der Tag fortschritt, nahm auch die Spannung zu, und alles Denken, Sprechen und Vornehmen drehte sich nur um die am Abend zu erwartende Bescherung und die damit verbundenen Vorbereitungen. Meine Mutter, als die Seele des Ganzen, bekam man, wenn sie mit dem Einwickeln unzähliger Braunkuchen-Pakete fertig war, nur wenig zu Gesicht. Bald oben, bald unten, bald dort befragt, bald hier gerufen, war sie mit ihrem

148

Schlüsselkorb fortwährend auf den Beinen, und ihr Adjutant, das Kleinmädchen Lena, war ohnedem noch den halben Tag mit Ausbringen verschiedener Geschenke und Kuchen beschäftigt. Ich lebte natürlich nur in der Erwartung des Abends, höchstens zogen die Erinnerungen früher verlebter Weihnachtsabende als Nebelbilder vorüber, oder alte bekannte Weihnachtsschnurren wurden durch diesen oder jenen ins Gedächtnis zurückgerufen. So weiß ich einen dieser herrlichen Verse, die vielleicht von Margreth Oderich oder von unserer Köchin herstammen:

Hüt Abend is Winachten-Abend,
Da gaht wi na baben,
Da klingen de Klocken,
Da danzen de Poppen,
Da piepen de Müs,
In Grodvaders Hüs usw.

Dergleichen sangen wir, gingen aber nicht »na baben«, wie's in der Schnurre heißt, sondern nach unten, von meinem Vater geführt, unter dessen Obhut wir uns seit Dunkelwerden befunden hatten. Tannenbäume waren damals noch nicht so allgemein im Schwunge wie jetzt, dafür hatten wir in der Regel eine sogenannte Pyramide aus vier oben zusammenlaufenden, mit Buxbaum oder Tannenlaub dicht umwundenen Stäben bestehend, oben mit einer Fahne aus Flittergold verziert. Der untere viereckige Raum enthielt die schönsten Gartenanlagen, mit Grotten, Teichen, Brücken, sowie den dazu passenden Figuren versehen, alles aus Moos, Strohblumen, Pappe und Spiegelglas angefertigt. Die belaubten Seitenrippen der Pyramide dienten zugleich als Halter der das Ganze hellbestrahlenden bunten Wachskerzen, und im Innern hing noch von der Spitze herab ein schwebender Wachsengel, recht niedlich anzuschauen. Man kaufte diese Pyramiden fertig auf der Weihnachtsausstellung des Gänsemarktes.

Meine Schwestern und ich hielten uns, solange die Vorbereitungen und das Anzünden der Lichter dauerten, wie schon erwähnt, mit meinem Vater in der Schlafstube auf. Um die Sache recht spannend und abenteuerlich zu machen, saßen wir da im Dunkeln um den gemütlich sausenden Ofen gruppiert und ließen uns von dem einzigen Licht, welches dem Zugloch des Ofens entströmte, beleuchten, sorgfältig aufhorchend, ob schon Tritte auf der Treppe hörbar wurden, bis denn endlich Lena erschien: –»na, nu is't so wiet'«. – Nun, die erwartungsvolle Spannung, wenn wir von Papa hinuntergeführt wurden, das Aufsperren der Stubentür, das Anstarren der Lichter vonseiten der Kinder, das Beobachten der Gesichter derselben vonseiten der Eltern brauche ich nicht weiter auszumalen; es ist ja das alles bekannt und war damals gerade so wie heute. Eins aber war damals anders als jetzt; – eine solche Übertreibung beim Beschenken, wie sie leider Sitte geworden ist, kannte man in meiner Jugend nicht; eine sehr weise Ökonomie sorgte dafür, daß bei den Eltern das Besorgen der Geschenke keine Last, bei den Kindern das Empfangen keine Übersättigung hervorbrachte, und wenn ein und dasselbe Geschenk, nur unter anderer Farbe und Gestalt, zwei bis drei Weihnachtsbescherungen hindurch seine Rolle spielte, so war das gar nichts Ungewöhnliches. Ich erhielt in meinem dritten oder vierten Lebensjahre ein sehr hübsches hölzernes Pferd, einen Schimmel auf Rollen. Im nächsten Jahre vor der Weihnachtszeit verschwand plötzlich der Schimmel und am Weihnachtsabend erschien dafür ein schöner Goldfuchs, dessen Gestalt der des früheren Schimmels zum Verwechseln ähnlich sah; aber auch der Fuchs verlor allmählich seine Schönheit, weißes Haar stellte sich fleckenweise ein, und er verschwand endlich ganz und gar. Doch zum Feste kam wieder ein prächtiger Brauner, nur durch einen langen Schwanz verschieden und vor einen Wagen gespannt, während die Vorgänger sich nie vor dem Wagen hatten gebrauchen lassen.

(...)

Der folgende Tag, der erste des Weihnachtsfestes, versammelte nun die sämtlichen Familienmitglieder in der Kirche, und da meine Eltern so vernünftig waren, mich vor meinem elften oder zwölften Jahre nicht mit zur Kirche zu nehmen, so konnte ich in behaglicher Muße die herrlichen Geschenke vom gestrigen Abend noch mal Revue passieren lassen und neue

Reize bei ihnen entdecken. – Zur Kirche wurde stets gefahren, schon meines Vaters wegen, dessen Amtstracht, vor allem der damals noch bei uns gebräuchliche große dreieckige Hut, für den langen Kirchenweg nach Altona zu auffallend gewesen wäre.

Es kam also um 9 1/4 Uhr eine jener schwerfälligen, hochräderigen Kutschen, wie sie damals im Gebrauch waren, mit Kutscher Ahrens vor unsere Tür. Der Bock an diesen Kolossen stand frei auf der Vorderachse auf steifen hölzernen Stützen. Er war ohne jegliche Lehne, nur mit schrägem Fußbrette und mit einer reich geschmückten Bockdecke, welche die häßlichen geraden Träger größtenteils verdeckte, versehen. Da der Langbaum solches Gefährtes, oder die Langbäume – gewöhnlich waren es zwei – da wo die Vorderräder unterbogen, ausgeschweift waren, so vermochte eine solche Kutsche auf kleinem Raum umzubiegen, und insofern gaben sie unsern modernen Kutschen oder Droschken nichts nach. Der große geräumige Kasten selbst hing in steilen Federn und mochte wohl an sechs

Personen fassen können. Das schwerfälligste daran war der Tritt zum Ein- und Aussteigen, welcher sich, im Innern befindend, vermittels zweier oder dreier Gelenke bei geöffneter Tür herunterklappen ließ und dabei ein Geräusch verursachte, als ob ein Fußboden gelegt würde, denn schwer und massiv genug war er und ein Dienstmädchen von schmächtigem Körperbau hätte denselben nicht leicht regieren können. Ein solcher im Wagenkasten selbst befindlicher Tritt hatte aber die große Annehmlichkeit, stets trocken und sauber zu sein. Noch weiß ich mir sehr deutlich die gefährliche Situation des Kutschers in seinem mit 6 bis 7 Kragen versehenen Mantel, »Chenille« genannt, auf dem hohen Bocke vorzustellen, den man von der Kutsche aus durch die Vorderfenster vor sich her »bebern« sah, denn die zitternde Bewegung des steif auf der Achse ruhenden Bockes teilte sich demselben natürlich mit, und zum Schwindel geneigte Personen taugten zu solchem Amte nicht. In diese Kutsche stiegen denn nun meine Eltern, vielleicht auch meine Schwester, und dann fuhr der Wagen erst mit ihnen nach den Vorsetzen zum Hause meines Onkels Hermann, wo dann ebenfalls ein oder zwei Personen der dortigen Bewohner einstiegen, und nun gings zur Kirche. Nach Beendigung des Gottesdienstes wurde ich an diesem wichtigen Tage, wie meistens auch an jedem gewöhnlichen Sonntage, nachdem mein Vater bei unserm Hause ausgestiegen war, nun mit zum Großpapa genommen, wo heute allgemeine Familienbescherung war. Die Damen und Kinder kamen allemal schon zum Frühstück um 12 Uhr, die Herren erst später zum Mittagessen um 3 Uhr.

Das Haus meines Großvaters, in welchem er mit seiner unverheirateten Tochter, Tante Gertrude, und seinem jüngsten Sohn, Onkel Paulus, wohnte, lag im Alten Jungfernstieg und bildete mit seinen zwei Nebenhäusern den Raum, auf dem jetzt das Victoria-Hotel steht. Es war ein altmodisches hohes Gebäude, die Giebelwand der Straße zugekehrt. Der Garten, wie bei uns in der Poolstraße die Breite zweier Häuser einnehmend, lag zwischen den Nachbargärten recht freundlich und sonnig und stieß hinten, wo denselben drei bis fünf wahre Riesenpappeln begrenzten, an ein sogenanntes Hasenmoor, das sich bis zum Bleichenfleet erstreckte und keineswegs einen der Eau de

Cologne ähnlichen Geruch aushauchte. Später wurde dieses Hasenmoor überdeckt und bildete nunmehr einen Gang, auf dem man, zwischen Gärten hinspazierend, auf einen großen freien Platz der »großen Bleichen« gelangte, dahin etwa, wo jetzt in der Poststraße das Posthaus steht, damals ein Lösch- und Landungsplatz für Torfewer etc.

Doch nun zurück zum Weihnachtsfest. Um 3 oder halb 4 Uhr wurde gespeist, und, um die Zeit bis zur Beschenkung würdig auszufüllen, spielten wir, die Söhne meines Onkels Hermann und ich, mit dem Bedienten Heinrich Ohnesorgen Teufel, d. h. wir trieben mit selbigem auf der geräumigen Hausdiele einen Skandal, daß wohl ein Uneingeweihter denken konnte »der Teufel sei los«. Heinrich Ohnesorgen versteckte sich in gräulicher Vermummung im Keller oder in einem kleinen Gange hinter dem Kabinet des Wohnzimmers oder an sonst einem zum Hinterhalt passenden Ort; wir schlichen, spähend und zitternd vor Aufregung, die Diele entlang bis zur kritischen Stelle, wo es links in den dunkeln Gang zum Kabinet, rechts die Küchentreppe hinunter ging, und wenn dann der gefürchtete Teufel hervorbrach, so erhoben wir ein zetermäßiges Geschrei und flohen zum vordern Teil der Diele zurück, wenn nicht etwa der Teufel einen von uns erwischte, der dann wieder befreit werden mußte, und wenn dabei dann einmal einer von uns gegen die Stubentür anprallte, daß selbige in ihren Fugen krachte, so wurde die ängstlich heraustretende Mutter oder Tante einfach beruhigt durch die Versicherung: »Wir spielen nur Teufel«.

Und dieses höchst amüsante Getobe hatte einen solchen Reiz für uns, daß kaum der Ruf zum Empfangen der Weihnachtsgaben uns für das Abbrechen desselben eine Entschädigung bot. – Wir wurden nun zum großen Saal hinaufgeführt. Dort erhielt ein jedes Mitglied der Familie von meinem Großvater ein Spezialgeschenk, aber für uns Kinder hatte den größten Wert in der Regel ein für uns gemeinschaftlich bestimmtes, welches bei Großpapa verblieb und zu unserer Sonntagsbelustigung diente. Dieses Allgemeingeschenk bestand in einer großartigen Komposition seitens unsres Onkels Paulus, welcher ein wahres Genie im Erfinden und Anfertigen aller Arten Papparbeiten

u. dgl. war. Bald war es eine Festung mit Zugbrücken und militärischer Besatzung, bald eine Brücke als Hauptgegenstand, die auf- und abgeschlagen werden konnte, bald waren es ländlich idyllische Darstellungen mit einer Unzahl von Bäumen, bei denen Moos und Besenreiser eine wichtige Rolle spielten und Seen und Teiche aus Spiegelglas sehr täuschend dargestellt wurden. Dabei mochte meines Onkels Amüsement während der Anfertigung nicht geringer als unsere Freude beim Empfang des Geschenkes gewesen sein, denn die Einzelheiten der Bäume, der Geschirre etc. waren mit einer Nettigkeit und Sorgfalt ausgeführt, daß es fast schade darum war, sie als bloßes zerbrechliches Spielzeug zu benutzen.

Hans Leip

Santa Kathrin stopft Socken

Junggesellen mögen gewisse Vorzüge genießen, ja, es kann zuzeiten angebracht sein, ihre Ungebundenheit zu preisen, zu Weihnachten aber sind sie ziemlich überflüssig. Es sei denn, sie lassen sich als Onkel verbrauchen, indem sie die Schätze der Süßigkeiten- und Buchläden in vielen kleinen tannenreisgeschmückten Paketen verstreuen oder gar den Weihnachtsmann mimen, wozu natürlich die nötige verwandtschaftliche oder befreundete oder gemeinnützige Gelegenheit und einiges Geld und, den Weihnachtsmann betreffend, Begabung gehört. Das alles nun kam bei dem Junggesellen Christian Möck nicht in Frage. Man mußte ihn, weihnachtlich gemessen, zu den gänzlich überflüssigen rechnen, was nicht hindert, gerade an ihm merken zu lassen, wie den allzu Einsamen gelegentlich ein unvorhergesehener Trost zuteil werden kann.

Möck war Bootsmann auf der Brigg »Kathrin«, die gerade Heiligabend im Hamburger Hafen hinterm Jonas lag. Sie hatte ihr Finnlandholz gelöscht und hoffte, gleich nach den Feiertagen einen Schubs Koks überzunehmen und damit ihren Heimatort Geestemünde anzutun. Bis auf Bootsmann Möck hatte sich die Besatzung samt Kapitän an Land vernebelt, zieht doch jedermann vor, den Festesglanz von einem warmen unschwanken Sofa und womöglich im Familienschoß zu begrüßen, umgeben von Annehmlichkeiten, die an Bord nicht vorhanden sind. Zumal die »Kathrin« von der ganz alten aussterbenden hölzernen Sorte war und noch das geschnitzte Abbild ihrer Namenspatin als Galionsfigur unterm Bugsprit trug, und war sie auch gemütlicher als mancher moderne Eisenkasten, so war sie doch auch eng, verbraucht und verwanzt.

Krischan Möck liebte sie trotzdem, und gern blieb er als Hafenwache an Bord. Im Hamburger Hafen gibt es allerdings nicht viel zu wachen, denn es herrschen dort gesittete Zustände, so daß Möck ohne Gewissensbisse den Mittag sich von einem Jollenführer ans Johannisbollwerk hatte setzen lassen,

155

um sich ein bißchen fürs Abendbrot zu besorgen. Er war fast so alt schon wie das Schiff, mit dem er vor mehr als fünfzig Jahren seine erste Reise gemacht hatte und dem er mit kurzen Unterbrechungen treu geblieben war. Gewiß, die Examina waren ihm entgangen, aber er wußte von den Dingen der See so viel wie irgendein durch Patent Erhöhter, ohne daß es seiner Beflissenheit und Tüchtigkeit vorm Mast Abbruch tat. Wie es denn noch so ein paar dieser alten durchgesalzenen Seerobben gibt, die allen Kartotheken zum Trotz kein Gnadenbrot brauchen

und keine Rente kennen, bis der Tod sie holt. So man ihnen begegnet, grüße man sie in Ehrfurcht! Diesen Abend hatte Krischan Möck den Logisofen gut in Schwung und hielt die Kaffeekanne darauf warm. Seine Hand in ihrer derben Härte schien diesem glanzlos gewordenen Bunzlauer Geschirr sonderbar verwandt zu sein. Schmunzelnd und schmatzend goß er den zichoriengewürzten Inhalt in eine längst des Henkels entbehrende bauchige Tasse und verwandelte ihn schnuppernd jeweils mit einem Schuß Rum in den gehörigen Festpunsch. Auch gönnte er sich heute ein Stück Räucheraal zum Schiffsbrot, dazu ein Viertel Sülze und auch drei Stangen Laufkäse, die er, ohne daß sein Appetit litt, knurrend als Leichenfinger bezeichnete, wie er denn überhaupt den von hohlen Schlafkojen eingerahmten einsamen Raum der Back mit Gerassel und Geräusper und lautem und leisem Geschnack geräuschvoll erfüllte.

Als er genügend in sich hatte, entfachte er den Schägbrösel, qualmte eine Weile gedankenvoll vor sich hin, genießerisch an seinen braunen Zahnstummeln nachschmeckend, was er Gutes gehabt, gedachte mancher Mahlzeit an mancher Küste und mancher schmalen Tage auf See, erhob sich vom Hängetisch, schrob den Docht der pendelnden Petroleumlampe ein wenig höher, vermeinte Glocken zu vernehmen, ging mit steifen, winkligen Knien, die schon sachte sich der ewigen Heimat zuneigten, an die Logistür, jawohl, da läuteten sie schon, die vom Michel und die von St. Nikolai und ebenfalls die von der Katharin. Der Hafen lag diesig. Von Lichtern und von Schiffahrt war nicht viel spürbar. Nun, er hatte seine Ankerlaterne in Ordnung. Ein paar Möwen strichen meckernd umher. Möck holte die fettige Aalhaut, die blankgesogene Aalgräte und die Sülzenschwarte und warf sie ihnen an die Schnäbel, damit sie auch ahnen sollten, daß Weihnachtsabend sei. Es war eine schudderige Luft, und es zog ihn bald ins Logis zurück, wo er dann ein wenig auf und ab ging, wie ein Wachthabender es gern zu tun pflegt, und er setzte seine flachen Füße taubenhaft behutsam auf in der langen Übung, bei keiner Änderung der Grundlage unvorbereitet zu sein. Sein Rücken war nicht mehr so marinestur wie bei den jungen Maaten, seine ungewöhnlich

157

breiten Schultern ermangelten des wohlgefälligen Specks, aber auf den strengen Sehnen seines Halses wuchs der griese stoppelige dürre, zonengebeizte Schädel ihm noch aufrecht und ohne Zittrigkeit, gekrönt von der blauen Bootsmannsmütze, die er nur im Bett ablegte. Nun er so wandelte, war seine gemächliche Seele voller Vorstellung von allerlei Tannenbaum und Kerzenschimmer nebst Karpfenessen und Gänsebraten, wie es zu dieser Stunde sein mochte in Stadt und Hafen, Häusern und Schiffen bis auf die See hin und über die Meere hinaus, soweit es mit der Nacht gelegen ist und es Christenmenschen gibt. Er hörte auch vielerlei Stimmen, große und kleine, lebendige und tote, war er doch alt und besinnlich genug dazu, gähnte hin und wieder den Spuk mit kröchelndem knatterndem Tonfall an und fühlte mit Behagen sich die Lust andämmern, allmählich zu Koje zu muscheln und einen von Glasenschlag und vierstündiger Auspurrerei unbehelligten, gesegneten Schnarch zu tun.

Bevor jedoch versäumte er nicht, feiertagshalber schon ein bißchen frische Wäsche bereitzulegen, um den Morgen gleich hineinflutschen zu können, ein graugelbes Normalhemd, eine kleinfingerdicke himbeerfarbene Unterhose aus Flanell, ein mildblauweißkariertes Leinenoberhemd und die schwarzwollenen Pulswärmer, die noch von seiner Mutter selig stammten, und ein Paar graue Socken. Alles erwies sich als heil und richtig bis auf die Socken, die leider nicht mehr von der handgestrickten Muttersorte waren (ist doch das Leben der Socken aufreibender als etwa das der Pulswärmer), sondern aus einem Laden herrührten für seemännische Ausrüstungsgegenstände, welche Läden gemeinhin damit zu rechnen scheinen, daß allen Seeleuten ein rasches Ende beschieden sei. Der alte Möck aber hatte manchen Sturm überdauert und so auch dieses Paar, das mit betretenem Grinsen aus zwei klaffenden Hackenlöchern zu ihm aufjappte. Er durchforschte seine Seekiste nach einem besseren, aber es fand sich keins. Somit nahm er mummelnd und grummelnd Nadel und Knäuel und begann das schwierige Werk, einen fusseligen Wolltampen einzufädeln, indem er ihn mehrmals zwischen Daumen und Zeigefinger aus dem Born des bartlosen Mundes befeuchtete und so zu bändigen trachtete und das Öhr mit ausgestrecktem Arme dicht vor den Lampenzylinder hielt. Aber so spitz und scharf auch seine hellen seegrauen Augen zwischen Brauengebüsch und Zwinkerfalten hervorstachen, es wollte nicht gelingen, sei es, daß die Länge der Arme seiner Weitsichtigkeit nicht mehr gewachsen war, sei es, daß der Kaffeepunsch dem ehrsam häuslichen Bestreben im Wege stand. Gewohnt, die Schläge des Schicksals nie überraschend zu finden, brach er sein Vorhaben ab, den widerspenstigen Faden anfauchend: ich wollte, du wärst ein Kamel, eh du mich dazu machst, denn daß du ein Reicher bist, mußt du einem erzählen, der schon eins ist.

Nach dieser verwickelten, biblisch gegründeten Betrachtung war es Krischan Möck auf einmal erst richtig weihnachtlich zumute. Ihm fiel auch noch anderes bei, indes er die Lampe auspustete und sich schnaufend und ächzend in die Koje rollte. Lieder kamen ihm in den Sinn, die der Stimmung noch gemäßer waren, und gelinde Kindheitsbilder aus Stube, Straßen und Kirchenschiffen dieser Stadt, darin er arm geboren war und in deren Hafen er nun kaum wohlhabender vor Anker lag. Da war es besonders der Choral »Lobt Gott, ihr Christen«, der sich zu seiner Genugtuung fast lückenlos in ihm aufzufinden schien, um jedoch bei der bedeutenden Zeile »Er wird ein Knecht und ich ein Herr, das mag ein Wechsel sein!« hängenzubleiben, worüber sich dann einiges in seines Herzens Einfalt bewegte, den Zeitläuften gemäß, und ihn brummig zu stimmen anhub, bis ihm ein verklarendes Beispiel aus eigener Erfahrung in den Wind kam, nämlich von der letzten Instandsetzung und Überholung der »Kathrin« vom Sommer her, wo auch der Galionsfigur eine Auffrischung zugesprochen war, der dazu beorderte Matrose es aber ihm, der Aufsicht führte, nicht zupaß trieb, worauf er denn selber die Schwebebank geentert und die hölzerne Segelfrau unterm Bugspriet in drei Farben angepinselt hatte. Da also hatte er sich vom Herrn zum Knecht gemacht, rein um des guten Erfolges willen. Wie es denn also auch ewigeren Ratschlüssen in Ansehung des Christkindleins vorgeschwebt haben mochte. Zufrieden mit solch findiger Verknüpfung persönlicher und höherer Vorfälle, ließ Möck den Sinn wieder ins Naheliegende sinken, wo im Grunde der Seele die ärgerlichen Socken grinsten. Ein Glück, seine Ausgehstiefeletten reichten hoch genug, um die Ungebührlichkeit nicht in den Festtag ragen zu lassen. Er hatte auch nichts Gewaltigeres auf den nackigen Fersen vor, als eben zum Steinshöft und zum Seefahreraltenheim, woselbst ein alter Freund von ihm, Segelmacher Poggels, den Rest des Daseins in Beschaulichkeit verdöste, und wo die Mission und die Wohlfahrt und gewiß auch ein brauchbarer Damenverein den Insassen zu Weihnacht reichlich zu spenden pflegten, braune Kuchen und Zahnpasta und Zigarren, Nützliches und Unnützliches durcheinander, was zu Weihnacht aber alles ebenbürtig willkommen ist; denn es kommt auf das Herz an, und es sollte doch mit dem Teufel zugehen, wenn nicht unter den milden Gaben für Poggels sich auch ein paar vernünftige Socken anfinden würden, die man ihm abschnacken kannte, wo er doch nur Fußlappen trug.

Möck sann noch ein paar Atemzüge lang der bezüglichen diplomatischen Rede und Gegenrede nach, bis es ihn ermüdete und, wie oft in solchem Zustand, ein kleiner Jammer nicht ausblieb, darin er sich plötzlich fürchterlich verlassen fühlte in der Welt, auch voll Bitternis seiner einstigen Braut gedachte, der einzigen seines Lebens, und es war vierzig Jahre her, da sie ihm während einer Australienreise ein anderer weggeschnappt hatte. Seufzend und stöhnend wälzte sich Möck auf die andere Seite, wo ihn der Schlaf alsbald umfing und seine Betrübnis löste.

Da deuchte ihm auf einmal, es brenne wieder Licht im Logis, und dann saß da jemand Weibliches am Hängetisch und hatte seine Socken vor, nahm die Maschen zierlich auf und webte das gute Gitter sachgemäßen Stopfens über die elenden Hackenmäuler. Möck tat nicht erstaunt. Wird wohl eine von der Mission sein, dachte er etwas mißtrauisch. Doch als er länger hinsah, kamen ihm das faltenreiche Gewand der Dame und die Farben Rosa, Gold und Himmelblau merkwürdig bekannt vor, auch entdeckte er eine kleine Goldkrone in ihrem dicken Haar. Kein Zweifel, es war die Galionsfigur vom Bugsprit, die Santa Kathrin höchstselber. Sie hatte so in halber Ansicht die dralle Rundlichkeit seiner verwichenen Liebsten, er entsann sich, das gerade hatte ihm die Malerarbeit nicht unangenehm gemacht.

Hallo! äußerte er sich schließlich, schon aus Höflichkeit. Die Santa Kathrin blieb eine Antwort nicht schuldig, oho, man merkte ihr nichts Hölzernes an, und sie sagte, es sei wegen der sommerlichen Gefälligkeit, die Möck ihr erwiesen, darum wolle sie ihm zu Weihnachten auch eine erweisen. Was Wunder, daß Krischan Möcks Herz weit wurde und er, als sie mit den Socken fertig zu sein schien, eine blumige Bemerkung fallen ließ bezüglich der kalten Nacht außerhalb und einer gewissen warmen Koje innerhalb, was ihm die Heilige aber nicht übelnahm, sondern ihm bloß holdselig lächelnd mit der Stopfnadel drohte, worauf sie verschwand. Denn die Heiligen bedürfen der irdischen Erwärmung nicht, wie es auch in dem Liede heißt:

> Santa Kathrin, auf Erden ist es kalt,
> aber bei dir ist es warm.
> Santa Kathrin, nimm uns doch bald
> in deinen himmlischen Arm!

Vielleicht hätte Krischan Möck nichts gegen eine derartig reizvolle, aber sicherlich endgültige himmlische Unterbringung einzuwenden gehabt. Statt dessen erwachte er den andern Morgen außergewöhnlich munter. Seine Socken entdeckte er allerdings genau so ungestopft, wie er sie verlassen hatte. Die Wäsche auf dem Schemel hingegen, darauf er die Dame hatte sitzen sehen, schien ihm einen unzweifelhaften Eindruck aufzuzeigen, womit bewiesen wäre, daß auch Erscheinungen ihr Gewicht haben können. Das Gute blieb aber dennoch nicht aus. Denn der Bericht des sonderbaren Traumes ließ den Segelmacher Poggels so irre werden an Möcks Geisteszustand, daß er ihm, halb ängstlich, halb mitleidig, nicht nur die tatsächlich eingetroffenen Mildegabensocken, sondern obendrein eine Tüte Pfeffernüsse, eine Bartbürste, eine Rolle Priem, einen Band »Herzblättchens Zeitvertreib« und einen kaum gebrauchten Spazierstock aus der Fülle der milden Gaben überließ. Wohl bekomm's!

Jochen Missfeldt

Der Flug mit der Schneedecke

Allerlei Rauhreif lag auf den Tannenspitzen und Bürgersteigen. Besseres Hinsehen zwei Tage vor Heiligabend 1962 erbrachte mehr: Jeden noch so kleinen Zweig hatte der schon verloren geglaubte Winter herausgeputzt. Still lagen Wälder und Wiesen, Städte und Dörfer. Es sollte noch mehr Schnee kommen und noch mehr Kälte.

Ich erinnere mich an Weihnachten 62 deswegen so genau, weil ich damals in Uetersen an der Elbe Soldat war und Heiligabend Flugplatzwache hatte. Lust hatte ich keine; keiner wollte mit mir tauschen, auch mein Bitten und Betteln um Wachverschonung fruchtete nichts.

Dienst am Heiligabend, also Heiligabend fern von zu Hause, das hatte es bei mir noch nicht gegeben. Heiligabend und Zuhause gehören fest und treu zusammen, so hatte mein erst vor sechs Wochen verstorbener Vater immer gesagt. Und meine Großmutter, die schon seit 1956 unter den Toten weilte, hatte geechot: fest und treu zusammen.

Am Tag vor Heiligabend fiel Schnee wie oben angekündigt. Der Heiligabend-Wachdienst würde ungemütlich und bitterkalt sein. Mit jedem Zentimeter Schnee rief ich still auf, was mir morgen am Vierundzwanzigsten alles durch die Lappen gehen würde: Mutter, Schwester, Tante Lotte. Und Onkel Jakobs Anruf aus San Francisco mit der Botschaft »Hier liegt kein Schnee«. Und das Geläute der Boeler Kirchenglocken. Und die Gold- und Silberstimme unseres Pastors. Und der Besuch bei den Nachbarn, und der Besuch der Nachbarn bei uns. Und Kartoffelsalat und Würstchen. Und Tante Lottes Erzählungen Herrn Hörig und das Gut Tralau betreffend, während sie mit uns Canasta spielte. Mit anderen Worten: Jeder Zentimeter Schnee ließ genau entsprechend mein Heimweh auf Heiligabend zu Hause in die Höhe wachsen.

Am Tag vor Heiligabend begann die Standortverwaltung, Schnee zu schieben. Trotzdem wurde der Flugplatz weißer und weißer. Die Balkenkreuze verschwanden im Schnee. Die Flugzeuge schneiten ein. Der Kontrollturm bekam eine dicke Schneehaube auf.

Ohne Weihnachtsstimmung trat ich Heiligabend eine Stunde vor der Bescherungszeit den Wachdienst an, zusammen mit Sami, einem von unseren Afrikanern, die hier fliegen lernen sollten. Wir hatten uns angefreundet. Ich hatte ihm was erzählt. Er hatte mir was erzählt. Wir hatten auch schon die eine oder andere militärische Unbotmäßigkeit ausgeheckt. Sami war so groß wie ich. Er trug die gleiche Uniform wie ich. Da standen wir nun in unseren langen Wintermänteln und Knobelbechern stramm und wurden vom Wachhabenden auf peinlich genaue Pflichterfüllung vergattert. Zwei standhafte Zinnsoldaten. So dachte er wohl. Wir nahmen Äpfel und Apfelsinen von den bunten Tellern im Wachlokal, steckten sie unter den fragenden Blicken der Wachhabenden ein und stapften los. Immer der Flugplatz-Ringleitung entlang, wo wir nur den Knobelbecherspuren unserer Vorgänger zu folgen brauchten, einmal rund um den Flugplatz.

Während Samis schwarzes Gesicht in der Dunkelheit unterging und ihn fast unsichtbar machte, leuchtete mein blasses weit hinaus. Das war nicht gut. Darum führte mich Sami in den Heizungs- und Kohlenkeller der Kaserne, nahm ein Stück Steinkohle und malte mich an. Wir wärmten uns dort unten noch ein wenig befehlswidrig auf und traten dann die Stufen hoch ins Freie. Es hatte aufgehört zu schneien. Der Blick in den Himmel zeigte schon was vom glanzvollen Sternenjahr 1963. Was für eine konkurrenzlose Veranstaltung da oben. Sami und ich standen, die verschieden schwarzen Gesichter dem Firmament zugewendet, auf dem obersten Treppenabsatz über dem Heizungs- und Kohlenkeller und ließen warme Heizungsluft von unten durch die offen stehende Kellertür die Treppe heraufströmen, unter unsere Mäntel hinein. Noch etwas höher hinauf strömte die wohltuende Luft, nämlich bis in Samis krauses und in mein glattes Haar, als ich Sami fragte: Was meinst du, wie viel Schnee brauchen wir?

Sami wusste, was Sache war. Er ging ein paar Schritte und trat eine fünf mal sieben gleich fünfunddreißig Quadratmeter große Schneedecke ab. So viel Schnee brauchen wir, sagte er. Ich hob mit dem Klappspaten im südlichen Teil der Schneedecke zwei nebeneinander liegende gleich große Löcher aus. Das war's auch schon. Nur die Beleuchtung fehlte noch. Rechts kam der grüne Apfel hin und links die einigermaßen rote Apfelsine. Dann warfen wir unsere Gewehre zum Trocknen in den Heizungs- und Kohlenkeller. Dann riefen wir: Einsteigen und Platz nehmen. Dann steckten wir die Klappspaten vor uns in den Schnee: die beiden Steuerknüppel. Der Flug mit der Schneedecke konnte beginnen.

Bis zum Wachwechsel war noch viel Zeit. Die beiden Schneekristall-Motoren konnten in aller Ruhe zu drehen beginnen. Sami konnte in aller Ruhe die fehlenden Instrumente vor uns, hinter uns und zwischen uns in den Schnee malen. Dann ging es in aller Ruhe los, und in aller Stille. Kein noch so feines Lüftchen wehte, als die Schneekristall-Motoren uns in den Himmel hoben. Nur ein klein wenig Fahrtwind bekamen wir ins Gesicht, als wir im gemütlichen Heiligabend-Tempo geradeaus und immer nach Norden zu fliegen begonnen hatten. Rechts der grüne Apfel, links die rote Apfelsine. Über uns das Sternenlicht aus dem Heiligabend-Himmel. Unter uns die Straßenlampen, Wohnzimmerfenster und elektrisch beleuchteten Tannenbäume.

Im Mondlicht las ich meine alte Straßenkarte. Ich sagte Sami, wo wir waren und wohin wir wollten, und Sami flog entsprechend. Alles, was gestern in der Zeitung gestanden hatte, konnten wir von hier oben bestätigen: Das verschneite Dach von Sankt Petri in Lübeck weit im Osten, Schnee auf der langen Anna von Helgoland weit im Westen, der verschneite Exerzierplatz von Rendsburg, Schnee auf den Fischkisten im Hafen von Eckernförde. Schnee auf den Hüttener Bergen. Es war hübsch, aber es war uns eigentlich nicht wichtig. Auch unsere fliegende Schneedecke, eine Erfindung, die Sami vom Schnee des Kilimandscharo mitgebracht hatte, war nicht das Wichtige. Sie war nur das Mittel zum Zweck. Der Zweck der Übung war: Nur mal schnell bei mir zu Hause vorbeischauen, weil ich so Heimweh hatte. Sami war der Kumpel, mit dem ich so was Verbotenes wagen konnte.

165

166

Von Schloss Gottorf in Schleswig flogen wir die Schlei Richtung Ostsee entlang, dann bei Missunde links ab. Und da sah ich den glänzenden Goldhahn auf dem Turm der Boeler Kirche. Drauf zu, sagte ich zu Sami. Wir schwebten mit unserer Schneedecke gerade so hoch heran, das heißt: so niedrig, dass wir durch die Veranda ins Esszimmer meines Elternhauses sehen konnten. Da saßen sie alle: Vater, Mutter, Schwester, Großmutter und Tante Lotte. Alle bei Kartoffelsalat und Würstchen und Bier und Sprudel. Sami setzte die Schneedecke auf, wir schlichen uns rein.

Sind wir tot oder leben wir? Das fragte ich Sami. Er kniff mich, dass es weh tat; also lebten wir. Großmutter strich sich wie zu Lebzeiten mit dem Zeigefinger über die Nase und roch daran. Vaters schöner Bass klang wie zu Lebzelten, wenn er nach dem Essen vom Weihnachtszimmer aus die kleine Glocke am brennenden Weihnachtsbaum läutete und Ihr-Kinderlein-kommet sang. Und alle traten der Größe nach ins Weihnachtszimmer. Sami und ich fädelten uns wie zwei Heilige Drei Könige am Ende der Schlange ein.

Wascht euch erst mal das Gesicht, ihr seht ja aus, als wenn ihr aus dem Kohlenkeller kommt, sagte meine Großmutter. Geht nicht, sagten wir, wir sind auf Wache. Sami sah schon auf die Uhr. Nun bleibt man noch ein Stück, sagte meine Mutter. Wir blieben noch ein Stück.

Meine Schwester knackte uns ein paar Nüsse. Tante Lotte legte die Canasta-Karten und begann mit der Weihnachtsgeschichte von Herrn Hörig: Es war in der schweren Zeit. Weihnachten 45. Herr Hörig galt als vermisst. Tante Lotte hielt ihn aber für gefallen, also für tot, und saß Heiligabend 45 im Tralauer Herrenhaus bei Karpfen und Petersilien-Kartoffeln. Plötzlich flog die Tür auf und wer schneite herein? Herr Hörig, sagten meine Schwester und ich wie aus einem Munde, weil wir das Heiligabend immer sagten. Und dann kam die Frage, an der sich auch Sami beteiligte: Und was hat er gesagt?

Fröhliche Weihnachten hat er gesagt, ihr Naseweise, sagte Tante Lotte, lachte und weinte und widmete sich den Canasta-Karten. Dann klingelte das Telefon. Das ist Onkel Jakob aus San Francisco, rief mein Vater. Seid mal alle ganz ruhig.

Mein Heimweh war gestillt. Sami wäre gern noch ein Stück geblieben. Und meine Schwester hätte Sami gern noch ein Stück gehabt. Aber die Pflicht rief: Noch eine halbe Stunde bis zum Wachwechsel. So lange brauchten wir für die Strecke nach Uetersen. Meine Schwester steckte uns braune Kuchen und Marzipanbrote in die Wintermanteltaschen. Dann rauf auf die Schneedecke, rein in die Sitze und die Kristall-Motoren gezündet. Dann ab über den Boeler Kirchturm und den Weg zurück.

Hulkan

In einigen Gegenden geschah die(se) Bescherung ursprünglich erst in der Neujahrsnacht, vereinzelt auch an beiden Abenden, Christ- und Sylvesterabend. Auf Amrum sind es die Hulkan, die einst das Gefolge der Gattin Wodans und ganz mit Stroh bedeckte und umwickelte Personen waren, welche am Sylvesterabend in die Häuser gehen und die Kinder fragen, ob sie auch beten können. Sobald sie fort sind, setzen die Kinder die Schüssel ans Fenster, die von den Eltern gefüllt wird. Am Neujahrsmorgen heißt es: Min Skelk, min Skelk; wat häät Hulk mi bragt? Uu, diars uk an Ris!« (Meine Schüssel, was hat 's Hulk mir gebracht? O, da ist auch eine Rute.)

Jerusalems Skomache

Jerusalems Skomache (Schuhmacher), der wandert durch die Welt. In der Neujahrsnacht konnte er nur ausruhen, wo ein Pflug stand. Diese Sachen sollten ja gerne eingesammelt werden zu Weihnachten. (Medelby)

Alles Geschirr sollte vom Felde nach Hause, sonst kam Jerusalems Schuster und ritt darauf. (Holt)

 # Quellenverzeichnis

Für die freundlich erteilte Genehmigung zum Abdruck verschiedener Texte und Textauszüge danken die Herausgeberin und der Verlag den Rechteinhabern sehr herzlich.

Arndt, Ernst Moritz: Die fröhlichen Weihnachtstage. Aus: Weihnachtsbriefe deutscher Dichter, Hrsg. Kurt Saucke, Hamburg 1956.

Augustiny, Friedrich: Eine Christabend- und Silvesterfeier auf Hallig Oland um 1840. Aus: Feierabend-Erzählungen eines 70jährigen, Neumünster o. J.

Averdieck, Elise: Die Weihnachtszeit. Aus: Karl und Marie, Großbothen o. J.

Becker, Paula: Brautbriefe aus Bremen. Aus: Briefe und Tagebuchblätter, Berlin 1920.

Borchers, Walter: Quempas-Singen. Aus: Pommern, Zeitschrift für Kunst, Geschichte und Volkstum, Heft Nr. 4/1977.

Claudius, Matthias: »Hab eine neue Erfindung gemacht …« Aus: Sämtliche Werke, Darmstadt 1958.

Fallada, Hans: Lüttenweihnachten. Aus: Märchen und Geschichten, Berlin und Weimar 1985. © 1994 Aufbau-Verlag GmbH, Berlin.

Gerdau, Kurt: Das salzwassergetaufte Weihnachtsbaum. Aus: Weihnachten auf See. © 1997 Husum Druck- und Verlagsges. m. b. H. & Co. KG, Husum.

Goos, Berend: Die Freudenzeit der Kinder. Aus: Erinnerungen aus meiner Jugend, Hamburg 1896/97.

Grimoni, Erich: Sternsingen und Brummtopf. Aus: Wir bleiben getrost, in: Der Wegweiser, 1950. © Grimoni-Erben.

Harder, Agnes: Vorweihnachtliche kleine Stadt. Aus: Die kleine Stadt, Königsberg 1927.

Heimreich, Heinrich: Die Weihnachtsflut 1717. Aus: M. Anton Heimreich weyland Prediger auf der Insel Nordstrandisch-Moor, nordfriesische Chronik, Tondern 1819.

Heine, Heinrich: Weihnachtsbrief an einen Freund. Aus: Weihnachtsbriefe deutscher Dichter. Hrsg. Kurt Saucke, Hamburg 1956.

Kempowski, Walter: Unser Baum ist doch der schönste. Aus: Aus großer Zeit. © 1978 Albrecht Knaus Verlag, München, ein Unternehmen der Verlagsgruppe Random House GmbH.

Leip, Hans: Knecht Niklas übers Wasser ging; Santa Kathrin stopft Socken. Aus: Am Rande der See, © 1986 Husum Druck- und Verlagsges. m. b. H. & Co. KG, Husum.

Lemke, Otto: Mecklenburgische Weihnachtsbräuche. Aus: Weihnachtsgeschichten aus Mecklenburg, Husum 1980.

Liliencron, Detlev v.: Nordsee im Winter. Aus: Bildnis und Selbstbildnis, Hamburg 1946.

Linnich, Eike: Süßes für die Feiertage. Aus: Eten und Drinken bei uns an der Küste, Eigenverlag 1990.

Lüden, Catharina: Der Föhrer Weihnachtsbaum. Aus: Alte Koch- und Backrezepte von der Insel Föhr, Amrum 1983.

Maass, Joachim: Das Weihnachtsmahl. Aus: Die unwiederbringliche Zeit. © 1985 Suhrkamp Verlag, Frankfurt.

Missfeldt, Jochen: Der Flug mit der Schneedecke. © Jochen Missfeldt, Oeversee.

Reinsberg-Düringsfeld, Otto v.: Die Geister der Vorweihnachtszeit. Aus: Das festliche Jahr, Leipzig 1898.

Rettich, Margret: Die Geschichte vom Weihnachtsbraten. Aus: Wirklich wahre Weihnachtsgeschichten. © Annette Betz Verlag im Verlag Carl Ueberreuter, Wien.

Reuter, Fritz: Sös Spickgäns'. Aus: Weihnachtsbriefe deutscher Dichter, Hrsg. Kurt Saucke, Hamburg 1956.

Ringelnatz, Joachim: Die Weihnachtsfeier des Seemanns Kuttel Daddeldu. Aus: Das Gesamtwerk in sieben Bänden. © 1994 Diogenes Verlag AG, Zürich.

Storm, Theodor: Marthe und ihre Uhr. Aus: Sämtliche Werke, Braunschweig o. J.

Storm, Theodor: Unter dem Tannenbaum. Auszug aus einer Novelle von 1864.

Storm, Theodor: An seine Eltern. Aus: Weihnachtsbriefe deutscher Dichter, Hrsg. Kurt Saucke, Hamburg 1956.

Weimann, Horst: Bruno und Pulle. Aus: »Adebar«, herausgegeben von Gesellschaft für Erziehung und Wissenschaft, Lübeck 1950.

Wenzel, Georg: Julklapp und Fahnenkönig. Aus: Mecklenburgische Monatshefte Nr. 12/1927.

Die Lieder der Seeleute

Shanties nährten früher wie heute romantische Vorstellungen von der Seefahrt. Sie erinnern an die Zeit, als noch große rahgetakelte Barken und Vollschiffe auf ihren monatelangen Reisen die Weltmeere durchpflügten. Die traditionellen Bräuche an Bord sind eng verknüpft mit dem Gesang der Seeleute. Das rhythmische Singen von Shanties begleitete die anstrengenden körperlichen Arbeiten, die mühevollen Runden der Matrosen am Gangspill zum Aufholen des Ankers oder die Arbeit an den Fallen zum Heißen der großen Segel,

aber auch die rituellen Bräuche wie die Äquatortaufe der Neulinge an Bord oder das »Salpeterkreuz«, das Aufheißen des letzten Salpetersacks einer Ladung.
In diesem Band werden bekannte und vergessene Seemannsbräuche und Shanties vorgestellt, ihre Geschichte und Bedeutung erläutert. Neben den Texten und Noten, vielen historischen Bildern und einer ausführlichen Darstellung der Seefahrt unter Segeln in Berichten von alten Fahrensleute ist dem Buch eine CD beigefügt, aufgenommen vom Shanty-Chor Cuxhaven.

Udo Brozio und Manfred Mittelstedt

Rolling Home
Seemannsbräuche, Shanties und die Faszination der Großsegler
104 Seiten, Großformat, mit ca. 100 Abbildungen, gebunden, mit CD,
ISBN 3-934613-35-7

CONVENT VERLAG
Bücher des Nordens

Zwischen Geest und Meer

»Der Schimmelreiter« ist Theodor
Storms letzte und umfangreichste
Novelle – und die meistgelesene
in Deutschland. Sie wird als das
»Nationalepos der Nordfriesen«
bezeichnet, und so stellt sich die
Frage nach der Übereinstimmung
von dichterischer Freiheit und
historischer Genauigkeit, aber
auch die Frage nach Storm als
Mensch und Dichter. Wer war
dieser Mann? Wie ist das Land,
das ihn geprägt hat?
Paul Barz hat sich diesen Fragen
gewidmet und Erstaunliches und
Spannendes zu Tage gefördert. Er
beleuchtet die wichtigsten Pha-
sen der nordfriesischen Geschich-

te, die seit Jahrhunderten von der Auseinandersetzung der Menschen
mit der Naturgewalt des Meeres, von Deichbau, Landgewinnung und
verheerenden Sturmfluten bestimmt wird.
Er beschäftigt sich mit der Biographie Theodor Storms, analysiert seine
Schimmelreiter-Novelle und zieht Querverbindungen zwischen dem
Dichter und seiner Figur des Deichgrafen Hauke Haien, der unzweifel-
haft autobiographische Züge trägt. Und so ist dieses Buch ein wichtiges
Stück Literatur- und Heimatgeschichte in einem.

Paul Barz

Der wahre Schimmelreiter

Die Geschichte einer Landschaft und ihres Dichters Theodor Storm
260 Seiten, gebunden, ISBN 3-934613-07-1

CONVENT VERLAG
Bücher des Nordens